行吟集

刘春泉◎著

游一处风景，寻一处特色
见一处特色，悟一片心得

线装书局

图书在版编目（CIP）数据

行吟集 / 刘春泉著．—北京：线装书局，2021.12
ISBN 978-7-5120-4939-0

Ⅰ．①行… Ⅱ．①刘… Ⅲ．①诗集—中国—当代
Ⅳ．① I227

中国版本图书馆 CIP 数据核字（2022）第 014077 号

行吟集
XINGYINJI

著　　者： 刘春泉
责任编辑： 林　菲
出版发行： 线装书局
地　址：北京市丰台区方庄日月天地大厦 B 座 17 层（100078）
电　话：010-58077126（发行部）010-58076938（总编室）
网　址：www.zgxzsj.com
经　　销： 新华书店
印　　制： 廊坊市海涛印刷有限公司
开　　本： 710mm × 1000mm 1/16
印　　张： 15.75
字　　数： 252 千字
版　　次： 2021 年 12 月第 1 版第 1 次印刷

线装书局官方微信

定　　价： 58.00 元

目录
CONTENTS

伟人之湘——湖南 / 55

醉美之峡——三峡 / 65

鱼米之乡——江苏 / 79

神奇之山——黄山 / 81

草原之最——内蒙古 / 85

大漠之梦——宁夏 / 93

多彩之州——贵州 / 99

浩瀚之疆——新疆 / 109

雪域之西——西藏 / 133

彩云之南——云南 / 151

天府之国——四川 / 173

娱乐之城——港澳 / 185

海外之行 / 193

即景之情 / 201

遗产之都——北京

中华第一街

一

长安街
中华第一街
永远是那么青春
永远是那么漂亮
永远是那么活泼
永远是那么奔放
永远是那么热情
永远是那么繁忙
永远是那么庄严
永远是那么坚强

二

长安街
中华第一街
见证了紫禁城的建造
见证了崇祯帝的自缢
见证了李自成的湮灭
见证了康乾盛世
见证了圆明园的大火
见证了民主与科学的“五四”
见证了卢沟桥事变
见证了五星红旗的升起

三

长安街
中华第一街
亲历了四次保家卫国战
亲历了大国的崛起
亲历了“两弹一星”
亲历了“一国两制”
亲历了改革开放
亲历了一座座大厦拔地而起
亲历了高峡出平湖
亲历了中国人民扬眉吐气

四

长安街
中华第一街
喜看九天揽月
喜看五洋捉鳖
喜看一桥飞架港珠澳
喜看天眼望天界
喜看中国人民站起来
喜看中国人民富起来
喜看中国人民强起来
喜看明天更欢悦

五

长安街
中华第一街
你是世界上最长的街
你是世界上最宽的街
你是中国最美丽的街

你是中国最繁华的街
你是中国最心仪的街
你是中国最耀眼的街
你是中国最动心的街
你是中国最自豪的街

长安街 你好

一

长安街，你好
我心中的维纳斯
每一次进京
都要去看看你
每一次见到你
都使我难言思绪
每一次见到你
都使我心潮伏起

二

从西走到东
从东走到西
我一遍又一遍欣赏着你
一遍又一遍吻着你
一次比一次撩人
一次比一次旖旎
一次比一次妖娆
一次比一次妍丽
怎能不想你
怎能不吻你

三

你的美
牡丹羞得花闭
你的宽广
太平洋唏嘘不止
你的正直
尺子也变得弯弯曲曲
你的善良
菩萨也觉得仍需努力
你的花灯
银河变得光失
你的无私
全世界为你敬礼
你的勤奋
上帝为你摇旗
你的高尚
喜马拉雅山为你屈膝
你的自信
人民为你鼓气

四

长安街你好

我心中的“维纳斯”
祝福你
越来越美丽
祝福你
越来越安怡
祝福你
越来越大气
祝福你
越来越昌盛

长龙

一

云凄凄
寒风袭
红旗猎猎
悲路歧
挡不住
老少男女
扶老携幼
来到这里
只为看望一位老人
只为见老人家一次
只为给老人家鞠一个躬
只为给老人家报个喜
红旗代代有传人
我们过上了好日子

二

南来北往的人
操着南言北语
千里迢迢
奔波万里
一行行队伍
弯弯曲曲
形成了多少个 S 形
数也数不及
没头没尾
足有十多里
多少人找队尾
开馆就如此
几个小时过去
队尾还在那里
一步一步往前移
偌大的场地
装不下
对老人家的追忆

2019 年 1 月下旬于北京

智慧商场——北京 SKP

一

北京 SKP
一座购物空间
百货销售额
全国第一
亚洲第一
世界第二
全新销售记录
单日 10.1 亿元
看了以后
更像一座智慧园

二

牧羊场
一群羊休息
会动会叫
吃草酣眠
机器人
雕塑着雕塑着
一丝不苟
不知疲倦
南极
一群企鹅
憨态可掬
和顾客逗着玩
仙人球
石头沙滩
两个复制人
在讨论如何登陆火星
穿过时空隧道
走在通往火星的路上
越过太空舱通道
来到火星人类家园
中国火星车停在那里
宇航服宇航食品挂满
火星博物馆
有各种女装男装
时尚配饰
太空充气囊居所
仿佛置身在太空购物
还有漂亮的美妆体验间

三

这哪里是商店
哪里像购物中心
哪里像顾客逛商店
分明是一座智慧园
看农场
逛动物园
上南极
转热带区
游太空
登火星
观陨石香水橱窗
赏艺术珍玩

品美食
少见的美食品牌
恰似在火星基地用餐
世界高端百货
国际级奢侈大牌
无处不在
随处可见
大品牌与环境
融洽得如鱼得水
分不清哪是商品
哪是环境
环境是商品
商品是环境
一步一景
步步景
抢着买
选着买
比着买
边吃边玩
边玩边买
边买边玩

四

北京 SKP
艺术展览馆
京城时尚生活方式的发源地
北京时尚潮流最前沿
北京最豪的奢侈商场
拥有多个品牌
有潮流单品
有顶级食材
有独特的家居用品
首家独家精品店
北京 SKP
不一样的随感
女士的天堂
男士的乐园
百姓的胜地
儿童的趣园
闲暇时
不妨您也来体验体验

2020 年 2 月下旬于北京

长城啸歌

长城长
纵横十万里
长城长
上下两千年
始于大海
辱我长城
可劲泼脏水
毁我长城
拼尽下三滥

止于大漠
似巨龙
驰骋在峻岭崇山

游长城
遥想当年
喊杀嘶号角泣
炮火隆隆硝烟漫
头颅滚滚
血打墙
卫长城
多少英魂断

登长城
屹立千年不倒
看今朝
西风怨

观长城
多灾难
沙狂尘飙
寒流寒
暴雨疯泄
西风虐
冰封雪盖
雷如箭

叹长城
铁骨铮
淫威何惧
霸凌见虎胆
武力莫过黔之驴
制裁穷已
从不会屈从
更不会乞怜

长城美 数金山

长城美
金山岭长城更美
黄昏下的金山岭长城最美

夕阳西下
霞光洒向金山岭长城
蜿蜒曲折的长城
好似一条金闪闪的黄龙
忽隐忽现

横卧在奇峰峻岭之巅
龙头高昂在东方的老虎山顶
一座座碉楼像龙身上的一片片鳞
龙尾低沉在西方的潮河岸边
那么大气
那么壮美
那么雄浑
那么耀眼
哎呀呀

用什么语言都显得那么无力苍白

长城美
金山岭长城更美
黄昏下的金山岭长城最美

怀柔是个好地方

怀柔是个好地方
好山好水好风光
春季观花花醉人
夏季避暑爽又爽
秋季赏叶叶迷人
冬季美景逛又逛
天下又一好去处
骚人墨客唱又唱

游世园会

一

一园阅尽万年花
一园纵览万国花
一园日睹四季花
一园步步皆是花

二

园艺大范中国馆
各领风骚国际馆
多彩奇妙植物馆
农耕文化体验馆

2019 年 9 月 8 日于北京世园会

登永宁阁

永宁阁
踏地摸星
看华夏
胜似大唐昌盛

百姓安居乐业
行行虎跃龙腾
惠四海
五洲颂
唯自强
天下永宁

注：在北京世园会园区中央的天田山顶上，耸立着一座辽金风格的传统建筑——永宁阁，是整个园区的制高点和标志性建筑。

夜游古北水镇

一条金龙山云游
顶峰观星品美酒
临水赏月听小曲
露尽风骚水舞秀
闭目静思温泉泡
提灯走桥摇橹悠
小路小灯小胡同
老房老调老口头

2019 年 9 月 28 日于古北口镇

注：位于北京市密云区古北口镇，背靠中国最美、最险的司马台长城，坐拥鸳鸯湖水库，是京郊罕见的山水城结合的旅游度假景区。夜景堪称一绝，目前已成为北京夜游新地标。

逛菜市口

昔日
菜市口
杀人地
血喷满地染黄土
多少英雄豪杰
断头菜市口
多少仁人志士
义死菜市口
每逢出红差
市人竟言笑吃酒

今日
菜市口
闹市地
买金就买菜百金
多少商铺酒店

云集菜市口
多少高楼大厦
林立菜市口
不分节假日
游人熙攘乐悠悠

隔离解除有感

居家隔离十四日
吃喝拉撒宅在巢
斗室锻炼十四日
五十年晨跑溜号
菜米油盐酱醋果
一一需要网上搞
社区一一送到家
垃圾社区帮着倒
感谢人民好政府
活在中国多自豪

2020 年 2 月 29 日于北京

故宫上元夜

百年故宫今夜红
红灯满月喜相逢
观灯赏景贺良宵
华夏灯会醉故宫

2019 年 2 月 20 日

疫情下的颐和园

园内游人点点点
昆明湖水寒寒寒
湖边杨柳唤春风
再现娇艳颐和园

2020 年 3 月 1 日于北京

凭吊高石墓

湖心亭畔高石墓
凄美爱情百年沉
宝剑火花如闪电
高歌痛饮泪到坟

2020年3月7日于北京

万寿公园

天子脚下万寿园
小巧玲珑老人恋
观花赏鸟听京戏
个个都是活神仙

华夏之根——山西

夏天上云台

一

上云台
沐浴中的少女
烟飘飘雾渺渺
雨蒙蒙静悄悄
怎不叫人遐想
怎不叫人神往
怎不叫人痴迷
怎不叫人躁

二

走在石板的小路上
小小的枝条轻轻地抽打
彩蝶花蜂随着嬉耍
小鸟一路喳喳叫
上天上人间的牛鼻寨
又见那花果山的水帘洞
进黄牛长卧的黑牛洞
拜跨越晋豫的千年界松
叹天下第一村的外荒村
赞郁郁葱葱的千年神桑
泪洒悬崖绝壁上的寡妇路
过狮象戏水的怪石潭
观落九天的大瀑布
遥看天外飞来的神来庙

三

站在高高的令山顶
观云似海
云是海 海是云
看峰似岛
峰是岛 岛是峰
望青山绿水
山多高 水多长
感叹
一村一户村是户
一户一村户是村
一草一木显神灵
一石一溪透仙气
真是
一云一台上云台
一步一景步步景
一洞一泉都是点
一峡一峰皆是画
怎能叫人不想她
怎能叫人不看她
怎能叫人不梦她
怎能叫人不忆她

注：上云台景区位于山西省晋城市陵川县夺火乡南部。

右玉抒怀

一幅画
一画就是几十年
不论春夏秋冬
不管狂风严寒
一笔一笔地画
一片一片地染
在黄沙狂欢的大地上
生生地画出了一道道绿色
生生地描出了一座座青山

一幅画
一代人画
几代人画
几千人画
几万人画
十几万人画
像接力赛一样
一代一代接着画
几十年如一日
就做一件事
描树绘林
绘林描树
一桶桶河泥一棵树
一棵棵树一片片林
锁住一丘丘的沙
镇住一条条黄龙
这片不毛之地
变了
变了
昔日流动的沙丘
静静地躺在森林的怀里
昔日一望无际的黄沙
已披上浓浓的绿衣
昨天不毛之地
今天塞上绿洲
昨天沙进人退
今天绿色生态
昨天大风口
今天最佳宜居生态地
右玉离不开世界
世界发现了新右玉

蒙古高原的风
一路吼叫来到这里
依然那么凶煞
依然那么凌霸
没想到
沙不飞
土不起
尘不洒
只有那沙沙的林涛声
只有那片片绿叶轻轻地拍打
风啊
吹吧
使劲啊
太小了吧

这张画
什么也挡不住
一群飞鸽牌的干部
画了一张永久牌的画
一门心思
一股干劲
班子换了一茬又一茬
描树绘林
一任接着一任画
一张画画到底
继续画
一直画下去
咬定绿化不放松
定叫山川变国画

历史已告诉昨天
历史正告诉今天
历史也将告诉明天
一件事
只要坚持做下去
一定会到达光辉的彼岸
坚持
坚持
再坚持
越过高山就是平原
坚持
坚持
再坚持
明天一定更灿烂
坚持
坚持
再坚持
梦想一定会实现

注：右玉县位于山西省的西北边陲，以古关杀虎口为“咽喉之地”，为古北方要塞。

站在虎头山上

一

干
把七沟八梁变成梯田
干
把三跑田变成三保田
干
把三保田变成海绵田

二

干
把吃野菜谷糠玉米糊
变成白面大米鲜菜肉

过年过节还有六碟八盘
干
把穿土布麻衣冬无棉夏无单
变成四季衣服啥都有
式样花色和城里人一样全
干
告别土窑进石窑
干
搬出石窑进楼房
干
搬出楼房进别墅
干
家里只有锄头扁担
变成手机电脑电冰箱
汽车摩托跑得欢

三

干
把铁锹箩筐变成播种机
干
把穷山沟变成米粮川
干
把羊肠小道变成柏油路
干
把乱石滩变成观光点
干
把小山村变成公园山村
干
把荒山野岭变成绿水青山
干
才有出路
干
才有小康
干
依然月明如昔
干
必有大康
干
活下去
干
站起来
干
富起来
干
强起来
干
硬起来

注：山西昔阳大寨的虎头山。三跑田即跑水、跑肥、跑土的田地。三保田即保水、保肥、保土的田地。海绵田即又松又软的田地。

大槐树抒怀

大槐树
几百年前
我们的先辈
告别故里
浪迹天涯
从这里出发
离开了熟悉的山山水水
落脚在中原大地
几个世纪过去
大槐树的后代
已繁衍了数十代
子孙亿万计
华夏大地
世界各个角落
只要有华人的地方
就有大槐树的后裔
他们劳碌奔驰
不分昼夜
造福一方
殷民阜利

大槐树
大槐树后裔人的眷恋
不论漂洋过海
不论落脚在哪里
即使远隔万水千山
哪怕天涯海角
都会想起大槐树
因为那是灵魂的印记
大槐树
我们的根
大槐树
我们的桑梓

树高虽千丈
叶落终归根
大槐树
古槐后裔的翘思
每年都会有成千上万的人
聚集到大槐树下
祭拜大槐树
我们的祖先在这里
我们的魂在这里
我们的源在这里
我们的本在这里
我们的根在这里

大槐树
历经三代
树的根在这里
树的魂在这里
我们已经经历了数十代
但我们的身体里
还保留着祖先的基因
我们的血液里
还流淌着祖先的血脉

我们同门同根
我们同祖同心
大槐树的子孙生生不息

大槐树
历经三代
一代比一代强
一代比一代锐气

大槐树的后代
不论走得多远
那种对老家的思念
那种对老家的追忆
大槐树的后代
不论环境多么艰难
那种顽强不屈的精神
那种百折不挠的斗志
一代传递一代
一代胜过一代
这就是大槐树的魂
这就是亿万古槐后裔的精气

美嗒嗒的迎泽公园

骑上小黄车
来到美嗒嗒的迎泽公园
风儿轻轻地吹
船儿轻轻地转
柳枝儿在水中轻轻地摇
鱼儿在水中轻轻地玩
岸边的歌儿轻轻地唱
花儿在轻轻地吐绽
鸟儿在轻轻地飞
游人露出轻轻的笑颜

骑上小黄车
来到美嗒嗒的迎泽公园
无穷意境的园景石
彰显三晋文化的镜中花戏台
晋商博物院继续述说着往日的辉煌
迎泽湖还是那么蓝
又见颐和园七孔桥
又见苏州园林
又见江南水乡
又见藏经楼换新颜
欲吻嫦娥的望月阁
尽揽泽湖美景的观澜阁
移步在明清风格的花篮长廊
大象滑梯还是那么憨
秀气十足的养春码头
欲问天神的观象台
洁白如玉的月牙桥
四蹄生风的白马群（雕塑）
有娇生惯养的草坪

更有野蛮生长的草丛
有闲时去泽园
转转美嗒嗒的迎泽公园

注：白马群为迎泽公园里的白马雕塑。

丁村遗址遥想

几十万年前
在丁村附近的汾河两岸
生活着一群
自由快乐的丁村人
丁村人
中华民族的远古祖先

那时的汾河
又大又深又宽
汩汩滔滔
流水缓缓
清凌凌亮闪闪
现在江河湖海的鱼都有
鲤鱼青鱼
鲩鱼鲙鱼鲇鱼
自由自在地游玩
还有味道鲜美的丽蚌
这些鱼啊丽蚌什么的
那可是咱们远古祖先
最爱的大餐

那时的汾河两岸
真正的原始森林
山上丛林茂密
大树参天
河边平地上的草木
生意盎然
这里还是动物的天堂
驴马牛
梅花鹿
狼狐熊獾
犀牛大象
成群结队
出没于树林草原
河边饮水戏耍

丁村人
穿树叶披兽皮
十几人一群
几十人一伙
男女老幼
共同居住在汾河沿岸
一起劳动
一起分享劳动成果
在河滩取材
制作石刀石斧石片

男人打猎捕鱼
女人采集野果
他们在这片土地
生息繁衍
祖祖辈辈
地当床天为被
一代一代又一代
一天一天又一天

中华民族的血脉
溯本清源
丁村人的基因
传承有序而不断
我们的祖先
一脉相传
代代承续
直至今天
山河还是那个山河
血缘还是那个血缘
丁村人
走出了昨天
丁村人
走进了今天
丁村人
走向明天

没有昨天
哪来的今天
没有今天
哪来的明天
中华民族
迎接光辉灿烂的明天

注：丁村遗址，位于山西省临汾市襄汾县丁村附近的汾河河畔，是古人类化石的旧石器时代遗址。

清凉寺

红墙金瓦
古木环抱
典雅静寂
500 年的龙凤松
青天刺
八角井
泉水清味甘甜
有微光
窟顶巨龙水中戏
步入清凉石窟
一个个雕刻佛
形形色色
奇奇奇
可敬的八路军利华制药厂
还有毛主席的题词
移步虎窝洞

阴森森凉兮兮
野风吹
龙吟虎啸犹在耳
揪心的一线天
头顶的巨石
摇摇晃晃
真的要砸向你
五个山头的洋别墅

一个世纪过去
人去鼠来
几处瓦砾残壁
下榻药林寺会议中心
吃吃平定的酸菜抿圪斗
喝喝药林寺矿泉水
品品平定的豆腐丝

注：据碑文记载，山西平定药林寺公园地处药岭山上，其山中有一古寺曰“清凉寺”，后人对其山寺合一，故称药林寺。

中华始祖圣地——尧庙

华夏文明始于尧
五千年看三圣庙
平阳华夏第一都
统一华夏定九州
鹿仙洞里结良缘
洞房花烛夜起首
大禹治水十三年
三过家门而不入
纳谏除弊敢谏鼓
敲响天下第一鼓
三百米尧典壁廊
不负天下第一廊
巍然挺立五凤楼

一凤升天四凤鸣
寻蚁造井围井居
尧井天下第一井
陵谷沧桑四古柏
蟠龙天下第一龙
尧创华表始尧都
中国第一华表耸
天下之最纪念壁
华夏子孙千家姓
崇拜祖先尧舜禹
尧天舜日千古颂
高悬中华帝尧钟
三圣伟绩日月明

游太原古县城

辉煌了一千五百年的凤凰
头北尾南
重落晋阳城
喜看天下欢
护城河的水啊
清凌凌
河里的芦苇
直如箭
东南西北
四个门
上城墙
马道那个高那个宽
九街十八巷
热闹最数十字街
名优小吃最正宗
边吃边浏览
大街小巷明清样
寺庙楼阁步步是
重叠院落
又见山西大院
再现古城貌
愉悦身心好去处
一城尽山西
一望五千年

游太原植物园

好问湖边三珍珠
五洲植物珠内洒
奇花异木露真容
蝴蝶馆里蝴蝶雅
穿行在热带雨林
奔波于异国横沙
假山瀑布假亦真
一园阅尽百国花

滨河公园漫步

清晨
我们沿着
汾河边的石路漫步
清清的汾河水慢慢流淌
鱼儿在水中自由自在地游玩
鸟儿在汾河上忽上忽下

一对对情侣荡着小舟
烟雾缥缈中的小岛
忽隐忽现的小木屋
飘来阵阵的歌声
晨风带着湿气轻轻地吹
路边的柳树翩翩起舞
一片片绿茵茵的草地
一朵朵盛开的小花
一座座观景桥飞架东西
一个个雕塑坐落在路旁
一只只风筝在空中比舞
三三两两的人们说说笑笑
清晨
美丽如画的滨河公园
清晨
源远流长的汾河
我们沿着
汾河边的石路继续漫步

藏山情

三晋历史第一山
程婴杵臼忠义魂
舍子救孤取大义
千古绝迹万代吟

拾阶而上南天门
青山如黛万峰峻
山擎密林林隐寺
水劈幽谷谷飘云

春看百花花斗花
夏享清凉气息新
秋赏彩缎堆堆锦
冬望冰封雪无痕

注：藏（cáng）山古名盂山。国家AAAA级风景区，坐落在山西省阳泉市盂县城北18公里处苌池镇藏山村东的重峦叠嶂中。

拜谒石评梅故居

一生多浪漫
慕煞后来人
生命虽短促
诗文天下唱
高石凄美恋
感动多少人
生前未共处
死后得并葬

注：石评梅故居位于山西省阳泉市郊区义井镇小河村。高石指高君宇与石评梅。

银圆山庄一瞥

菜山石崖挂银圆
依山就势楼叠院
坐西朝东迎朝阳
观音泉水出九渊
右依九曲官沟河
左傍逶迤馒头山
上院下房明道通
更有暗道纵横连
银圆山庄三百年
山西大院独一院

校园清晨

一

只闻喜鹊鸣
不见喜鹊影
微风戏杨柳
小亭卧草坪

二

清晨小鸟忙觅食
呼朋唤友聚餐喜
绕道莫惊鸟叼食
喜看太工五指石

注：太工为太原工业学院的简称。

刘备山

刘备山
离天三尺三
俯瞰群山层林染
看乾坤云舒云卷

早已远

屯兵定三箭
犹见三义同青山
还见忠义共长天

注：刘备山地处山西阳泉市郊区西北部，面积近20平方公里，主峰位于荫营镇西，海拔1272.6米，山势陡峭，气势雄伟，形如坐佛，巍然而立，俯瞰人间，十分壮观。

相传三国时代，刘备、关羽、张飞领兵路过此地，在山顶上四下观望，发现此山居高临下能控制方圆几十里地盘，决定分三路人马屯兵于此地。诸葛亮建议三人各射一箭，箭落之地为本部宿营之地。

漫游宋家庄

漫步明清一条街
青砖蓝瓦四合堂
不一样的三面阁
游玩必晋三槐堂
小桥流水亭阁台
幢幢大楼拔地起
休闲垂钓元宝湖
皇家大宴三八席

注：宋家庄村位于山西平定县城南4公里处，中国传统古村落。

游平定冠山

文化名山有冠山
文脉书香传千年
冠山书院多英才
昨日书声声声慢
移步石径野花香
寺庙钟声落群山
山间松林饮南风
云雾轻绕鸟鸣啭

注：冠山是山西省东部的一座历史文化名山，距平定县城西南4公里，海拔1125米，苍松翠柏，烟云缭绕，山势挺拔秀丽。冠山因其主峰形状似冠，并高冠于附近群山而得名。

平定冠山金槐

千年金槐冠山立
入云摸天无声息
百叶落去一身轻
苍翠欲滴不争绿
功名利禄似浮云
冰雹雨雪随它去
春夏秋冬轮回转
时空变迁终如一

注：金槐栽于金大定年间，至今近千年，身高 17 米，周长 4.4 米，胸径 1.4 米。现立于山西阳泉平定冠山资福寺大门前。

夏游水神山报国寺

古有烈女祠
今有报国寺
旁倚水神山
松柏草木绿
诵经荡山谷
风铃传十里
学经为明理
明理为做事
做事在你做
菩萨看着你

注：水神山报国寺坐落于山西省阳泉市盂县东北部，乘坐高铁到阳泉北下车，步行约 10 分钟即可到达。

水上人家小栖

小桥流水家中过
静水深流水清亮
水草卵石收眼底
水映葡藤听磨唱
明渠暗渠村中绕
丽人浣衣小溪上
水磨面条筋道香
夜闻水声入梦乡

注：水上人家位于娘子关村。

娘子关抒怀

万里长城第九关
卧龙缥缈云霄端
锁燕蔽赵战国风
京畿藩屏金汤关

千年古道车辙亮
悬瀑流泉玉珠帘
谁说女子不如男
公主留名娘子关

注：娘子关为中国万里长城著名关隘，地处山西、河北两省的交界处，山西人把娘子关内外作为省内外的标志。娘子关原名“苇泽关”，因唐平阳公主曾率兵驻守于此，平阳公主的部队当时人称“娘子军”，故得今名。

望娘子关瀑布

水到悬崖是瀑布
崖有多宽瀑多宽
崖有多深瀑多高
越过悬崖是平川

人到绝处是重生
黑暗过去是白天
八十一难终成果
谁人不经千重险

水磨头村二首

农家小院

一排窑洞窗几亮
几棵果树红绿黄
煎饼野菜疙瘩汤
阵阵水声越院墙

水磨头

松溪河畔水磨头
太行深山鱼米乡
半山腰间神泉涌
开塘养鱼稻谷香

鹤飞鹳舞伴荷花
冷泉池塘鳟鱼赏
忘却凡尘与琐事
河边垂钓赛姜尚

注：水磨头村位于山西昔阳县东冶头镇，被誉为世外桃源，太行渔乡。

游云冈石窟

由东向西一股脑
大小石窟嵌山腰
尊尊佛像尊尊笑
人间一切佛都笑
可笑之人真可笑
可敬之人慧心笑
可笑之事真可笑
可敬之事慧心笑

注：云冈石窟位于大同市西郊武周山南坡，坐北朝南，依山开凿，绵延 1 公里之遥。密密麻麻的大小石窟，错落有致地镶嵌在半山腰上。主要的石窟有 45 个，石雕造像 51 000 余座。仔细观来，每尊佛像、菩萨像、佛弟子像、供养人像、飞天像，都是面带笑容。

遥望悬空寺

举头望危楼
悬挂半崖峭壁间
离地百丈三
离天三尺三
几根筷子支起
几根筷子托起
不闻鸡鸣犬吠声
但闻车鸣喧嚣声
已悬千余年
可否再悬一千年

注：恒山悬空寺始建于 1400 多年前的北魏王朝后期，位于山西浑源县，全国重点文物保护单位，是国内仅存的佛、道、儒三教合一的独特寺庙。该诗发表于今日头条、百度 APP 客户端引领品质阅读栏目 2021 年 2 月 6 日。

五台山

华北屋脊一窝峰
日出云海望海峰
琪花瑶草锦绣峰
玉兔醉卧挂月峰
人语九霄叶斗峰

石生藓苔翠岩峰
朝台首绕白塔行
敬香必登黛螺顶
不为朝台只为行
不为敬香只为景

注：五台山位于中国山西省东北部忻州市五台县东北隅，位居中国四大佛教名山之首，称为“金五台”，为文殊菩萨的道场。五台山并非一座山，它是坐落于“华北屋脊”之上的一系列山峰群，景区总面积达2837平方公里，最高海拔3058米。五座山峰（东台望海峰、南台锦绣峰、西台挂月峰、北台叶斗峰、中台翠岩峰）环抱整片区域，顶无林木而平坦宽阔，犹如垒土之台，故而得名。

杀虎口抒怀

杀虎口
上下千年痕
金戈铁马
马长吟
烽火狼烟
天地昏

几滴血冰凉
战鼓惊
看今朝
马蹄声远硝烟尽
游人漫步
山林景园度假村

注：杀虎口位于山西省朔州市右玉县境内晋蒙两省（区）交接处，北倚古长城，西临苍头河。作为一代雄关，闻名遐迩，已有两千多年历史。

游飞虹塔

霍山山巅彩虹飞
赤橙黄绿蓝紫青
顶天立地五百年
琉璃面膜塔铃鸣

一层一组美彩雕
千姿百态夺天工
历尽沧桑色不褪
曾经美颜今犹浓

注：飞虹塔，位于山西省洪洞县的广胜寺景区内，中国琉璃塔中的代表作，第一批全国重点文物保护单位，世界最高的多彩琉璃塔。

平遥古城印象

四四方方一座城
神龟千年卧晋中
四条大纹八小纹
七十二条蚰蜒纹
大清金融第一街

汇通天下天下通
砖墙瓦顶四合院
灰黑城墙红灯笼
权当一次明清人
不是明清似明清

注：四条大纹八小纹七十二条蚰蜒纹指四大街、八小街、七十二小巷。

皇城相府

午亭山村卧晋南
楼院重叠屋飞檐
直冲九霄河山楼
亭廊假山半池莲

陈氏货与帝王家
个个房间故事演
山西大院数相府
相府归来不看院

夏游清凉寺

群山环抱清凉寺	石窟雕刻中华奇
松涛搅动凉风起	圣水井里龙戏水

注：清凉寺，又名药林寺，位于山西阳泉市平定县张庄镇境内药岭山，坐落在山腹之中，始建于明宣宗朱瞻基宣德九年（1434 年），明嘉靖十三年（1534 年）重修。在清凉寺菩萨阁的正北为著名的清凉石窟，其雕刻艺术堪称一绝。中央雕刻有遒劲巨龙。其下正对八角井一眼为泉水，面积不足半平方米，常年积有清澈的泉水，既不外溢，也不减少。传说，水中溶入几百种药材，饮用此水可消灾防病，古往今来，被当地视为“圣水”。该井一有微光，窟顶巨龙便倒影其水中。整个石窟造型奇特，构思巧妙，其雕刻艺术水平，为中华罕见。

重上崛围山

中秋重上崛围山	上帝打翻调色板
青塔直上九重天	红橙黄绿紫棕蓝

注：崛围山位于太原市西北 24 公里尖草坪区柴村镇呼延村西，南北走向，海拔 1400 米左右。南有青峰，北有飞云峰。二峰高峻挺拔，夹一东西走向的深沟，隔沟对峙，势如入山门户，故称为崛围山。崛围山尤以秋色优美的红叶最为著名，故而称为崛围红叶，为“太原八景”之一。

牡丹园

牡丹园里牡丹嫣	洛阳牡丹虽不及
淡雅幽香溢满园	却使游人尽欢颜

咏药林寺

阳春三月万花开
炎夏七月百鸟来
金秋十月忙采摘
寒冬腊月踏林海

注：山西省药林寺森林公园位于平定县城南20公里处。

报国寺前一泓水

寺前一泓水
水清一望底
底平彩鱼戏
戏水无涟漪

注：水神山报国寺，位于山西盂县县城东北5公里处，占地150亩。

水神山

水神山隐烈女祠
报国无望公主缢
一棵古柏陪千年
一炷清香燃千年

注：水神山位于山西盂县县城东北5公里处，山上苍松翠柏，奇花异草，清秀幽雅，烈女祠依山而筑。相传宋太祖赵匡胤陈桥兵变，取后周而代之。周世宗之女柴花公主生性刚烈，不甘寄居于赵宋，逃居此山，后殉节自尽于水神山抱泉楼侧的一棵枣树上。后人感其贞烈，立庙祭祀，俗称“圣女祠”或“奶奶庙”。

大雪

白白白
万里一片白
五颜六色都不见
唯有白
行人难
驾车难
飞机趴了窝
唯有高铁不怕难

清明

今年清明不一般
只为悼念疫亡魂
四面致哀降半旗
八方鸣笛震凌云
英雄走好逝者安
亿万同胞泪满襟
新冠未竟心不甘
不擒疫魔不进门

2020 年 4 月 4 日

过年

过年年过年年过
酸甜苦辣都已过
喜怒哀乐等待过
平平安安大年过

菊颂

菊花本是华夏生
至今已是全球通
九九重阳浓艳香
年年品赏各不同
残菊虽败色犹存
留有余香不为名
一代更比一代火
一代更比一代宠

隰县一瞥

隰县鼓楼正中心
东南西北四条街
凤凰山上小西天
悬塑技艺天下绝

中国梨王玉露香
汁多酥脆甘甜烈
五十万亩梨花开
季春正是赏花月

春游阳头升村

三春万亩梨花开
雪海雪山雪茫茫
房前屋后皆梨花
山头谷底梨花旺

朵朵小花枝头挂
条条小道溢满香
一朵梨花一颗梨
手下留情手莫伤

注：阳头升乡阳头升村位于隰县县城西垣南部，距县城 25 公里，地域面积约 11 平方公里。

桃河公园

池塘芦苇荷花浪
小桥流水画舫荡

琴声歌声鸟鸣声
兰花绽放满园香

樱花树下

樱花树下一千金
期盼天降心上人

纯洁心灵菩萨闻
甜美笑颜春风吟

稻草

稻草用来捆稻草就是稻草的价
稻草用来捆白菜就是白菜的价
稻草用来捆大葱就是大葱的价
稻草用来捆大闸蟹就是大闸蟹的价

注：见商店卖的大闸蟹用稻草捆绑，稻草连大闸蟹一并称，有感。

小区

红花开罢白花开
白花开罢粉花开
粉花开罢紫花开
小区四季鲜花开

小草

寒露百草枯
春风吹又生
人生如百草
一世一枯荣

大度之冀——河北

发呆的连泉村

一

小山村
已有七个世纪多
因泉得名
与水相托
背靠名胜韩王山
清漳河缓缓绕村而过
没有宽阔的大道
没有车水马龙的热闹
有的只是稻田阡陌
有的只是绿树婆娑
有的只是心情的宁静
有的只是时间的趴窝
你可以穿果林爬山戏水
也可以在村中游涉
感受久违大自然的新鲜空气
感受忘却世俗烦恼的喜乐
感受什么是闲散的慢生活
感受什么是发呆的生活

二

移步石桥阶
望流水东去
看水车旋转
闻一闻碾出玉米的香烈
听蝉声不断
赏满湖荷花艳姿
在农家小憩
感受村民热约
到代代相传的小店
品味地道的菜锅小卷味道
吃吃黑枣之乡的黑枣
连泉黑枣还漂洋过海走世界
去去刘家祠堂
进进九龙圣母祠
走走石头巷
转转古石板街
看看传统土坯房
石碾还在家门口
石槽毛驴还是那么亲热
古井的水还是那么甘洁
你想过一种简单无忧
轻松慵懒的生活吗
来连泉吧

连泉会让你忘掉一切

注：连泉村，河北省邯郸市涉县固新镇下辖村，被认定为河北省绿色村庄。

韩王山怀古

想当年
秦兵围困韩王山
战鼓急
云笼雾罩欲摧山
韩王点兵
多多益善
布疑阵退秦兵
巍然屹立千百年

2019 年 8 月 11 日于韩王山

注：韩王山，位于河北涉县城东 5 公里外，主峰海拔 2800 米，因汉将韩信曾屯兵于此而得名。

棒槌山遐想

棒槌山
棒槌山
直立挺拔
傲视九天
地震无非松松骨
狂风不过摇摇扇
烈日权作热热身
暴雨只当洗洗脸
三百万年
终不变
看今朝
四海翻腾我自安
还有什么
尽管玩
山崩地裂
只等闲

注：棒槌山在河北承德市磬锤峰国家级森林公园内的山上，有一块石头，上粗下细，形似棒槌，故此山俗名“棒槌山”。该石上部直径 15.04 米，下部直径 10.7 米，高 38.29 米，连同棒槌底下突起的基座通高 60 米。

双塔山遐想

双塔山
夫妻恩爱山
不离不弃
百万年
心贴心
肩并肩
朝迎日出红
暮观落日圆
雷劈劈不开
风吹吹不散
直到地老天荒
直到永远
化作一撮黄土
长出一枝合欢
愿天下伉俪之情
堪比双塔山

注：双塔山位于河北省承德避暑山庄西南十公里处，是承德市最大的自然风景游览区。

娲皇宫抒怀

元宝山腰娲皇宫
闲庭移步十八盘
抟土造人生万物
炼石补天息灾难
怒斩恶龙济华夏
拯救苍生天下安
鼓声钟声香火绕
华夏始祖万代念

注：娲皇宫，位于河北省邯郸市涉县中皇山上，神话传说中女娲“抟土造人、炼石补天”的地方，是我国建筑规模最大、肇建时间最早的奉祀人类始祖女娲的古代建筑群，国家 AAAAA 级旅游景区。

太行花溪谷

九曲磨盘黄河阵
羊肠小道景如黛
溪湖潭瀑一条龙
鹅鱼共处一池爱
百花盛开缀满谷
山顶风光多高彩
和尚问壶什么水
花溪之水天上来
美景处处在身边
只缘缺乏慧眼睬

2019 年 9 月 21 日于太行花溪谷

注：太行花溪谷位于河北武安市西北部山区的牛心山村，是正在建设的自然森林生态景区。花溪谷远处有和尚山和茶壶山，栩栩如生，人称“和尚问壶”，为“武安八景”之一。

游秦王湖

北方有明镜
尽收万里星
千座青峰绕
湖中看点涌
沟谷貌亦奇
螺旋瀑唯宠
空中牡丹园
香飘万里浓
春夏秋冬游
季季景不同

注：邢台秦王湖风景名胜区，是国家AAA级旅游区，河北省重点风景名胜区，是一处以观赏湖光山岳为主体，兼有人文景观点缀的山岳型自然风景区，山水结合，在北方实属少见。因周围有大量关于秦王李世民的历史遗迹和传说而得名。

游承德避暑山庄

天下美景尽收园
园中有山山有园
依山傍水小西湖
曲径通幽赛江南

一殿一宇一故事
一草一木一步天
最短河流看热河
华夏名胜融一园

注：承德避暑山庄，位于河北省承德市中心北部，是清代皇帝夏天避暑和处理政务的场所，世界文化遗产，国家AAAAA级旅游景区，中国四大名园之一。

游塞罕坝

叠嶂千峰
绿万顷
松涛潇潇
色正浓

黄沙一去不复返
水草盛
花香谁不醉
鸟兽鸣

注：塞罕，蒙语，意为“美丽的高岭”。塞罕坝国家森林公园是中国北方最大的森林公园，位于河北省承德市坝上地区，国家一级旅游资源，国家AAAAA级旅游景区。在清朝属著名的皇家猎苑之一“木兰围场”的一部分。

孔孟之乡——山东

漫步海岸线

海岸线
有的像一条直线
有的弯弯曲曲
有的像一条弧线
踏着软绵绵的沙滩
看看走走走走看
望着宝石蓝的大海
远方的小岛若隐若现
听着阵阵的涛声
海鸥在海面上下飞翻
听着喜欢的歌
海面上白帆点点
沐浴着轻轻的海风
蓝天上白云忽聚忽散
阳光抚摸着看海人
脸上露出可心的笑颜
心似大海深处的水一样平静
心似大海上的浪花一样酣欢
观日出赏晚霞
夜览星辰灿烂
体验大海尽头的感觉
处处祥和居安
漫步海岸线
方知大海有多艳
何等惬意
怎能不呐喊
美丽的海岸线
岂容他人侵乱

泰山抒怀

你的实力
引起多少小人的积恶
你越有实力
嫉恨你的小人就越多
你越是有实力
看不惯你的小人就越多
只要你越来越有实力
你身边的非议一定是越来越多

小人污蔑你
是你干得太好了
小人中伤你
是你太优秀了
小人惧怕你
是你太自立了
小人攻击你
是你太强大了

小人愤愤不平
想方设法给你闹点事

拉小圈子
孤立你
无中生有
抹黑你
层层重兵
威胁你

什么风浪没有经过
没什么了不起
做大事的
谁没有遭过小人的攻击
走你的路
干好你该干的事
就是干
甩开膀子干事

不断打造你的实力
笑看那些雕虫小技
保持你足够的威力
笑看那些嫉风妒雨
小人胆敢对你下手
一定狠狠地痛击
只要你足够强大
小人一定息鼓偃旗

只要保持足够强大
小人一定会恐惧
只要保持足够强大
小人一定会远去
只要保持足够强大
小人一定会奉承阿谀
只要保持足够强大
岂怕小人的鬼把戏

老龙头抒怀

万里长城一条龙
西起大漠
越贺兰
穿太行
飞跃燕山
东入渤海
老龙头
终于飞了天
笑傲东方
冷眼世界看
大声疾呼
敢叫日月换新天

老龙头
一身都是胆
气贯长虹
日锻月炼
迎狂风沐暴雨

穿云破雾冲霄汉
斩妖怪
劈荆棘吞河山
利爪擒恶魔
驱雷掣电
击江博洋
驾波驭涛残云卷

老龙头
生来倔强不看脸
天生不服打压
越打压越逆反
天生不怕打压
越打压越勇敢
越打压
内在的活力就越爆燃
越打压
自立的欲望就越刚坚
越打压
创新的动力就越喷散
越打压
什么饭都会做了
越打压
什么菜都吃上了
越打压
什么事都会做了
越打压
什么也难不住了
越打压
什么也挡不住了
越打压
伟大复兴实现了
越打压
飞龙在天了

游大明湖

大明湖
湖水清又亮
绿得任性
美得风流倜傥
阳光折射下
十色五光
桥上丽人行
桥下小舟漾
湖边的柳枝
细又长
岸上的花
任性地开放
争奇斗艳
红白粉紫黄

雾中的大明湖
轻烟罩在湖上
如纱似幔
飘飘荡荡
楼台亭榭阁树木
若现若藏
宛如仙境
惊艳得醉狂
雾中的大明湖
最漫浪
雾中的大明湖
最幽靓
雾中的大明湖
最难忘

游趵突泉

济南有名泉
天下第一泉
三眼出水口
一冒数千年
怒涌花翻滚
虎啸龙吟远
云雾蒙蒙飘
甘洌微微甜
七十二名泉
最数趵突泉

登泰山

登泰山而小天下
泰山强则天下安
小球黑云乱纷飞
人间安宁唯泰山
电闪雷鸣滚滚来
狂风暴雨潇潇寒
钢铁长城铸壁垒
岂容群魔撼泰山

登山海关

高可触天
巍比泰山
望苍穹
暗云翻滚多奸端
看大海
惊涛汹涌闯堤岸

闻海风
鲨鱼血腥味弥漫
红日东升
大西洋岂能拦
微步山海关
冷观世界之变

帝王之里——陕西

秦始皇兵马俑

披坚执锐军容整
千人千面栩栩生
大气磅礴吞山河
战马嘶鸣鏖战浓

赢政亲征扫六国
摧枯拉朽大一统
沙场点兵拉杆子
铁阵如山保和平

大雁塔

屹立千年震不翻
阅尽沧海变桑田

朝朝代代如烟云
唯有诗赋千古伴

注：西安历史上几次大地震，都安然度过。大雁塔六层悬挂有唐代五位诗人诗会佳作，流传千古不衰。

王者之地——河南

红石峡

红石峡 峡石红
红石红红山山红
红石染红红石峡
红石峡里峡石红

算不出有多少溪
数不清有多少泉
记不住有多少瀑
说不来有多少潭

水得山而水则秀
山得水而山则葩
红山绿水生死恋
天下绝版红石峡

注：红石峡位于河南省云台山景区内。红石峡被认为是云台山最美之处。它与众不同的特点是山岩为暗红的颜色，红山绿水，别有一番韵味。

红旗渠

悬崖峭壁绿水漾
挂峰钻洞飞山岗
人定胜天战旱魔
誓叫水神驻太行
千年旱魔十年降
忠魂为伴水流长
人工天河红旗渠
庇荫子孙万年康

云台天瀑

遥看天瀑挂云台
吻天亲地舞白练
飞花溅玉千堆雪
彩虹飘落银河前
烟雾缥缈玉柱锁
天崩地裂雷公战
神仙打下大瀑布
泽润百姓到永远

注：云台天瀑坐落在河南云台山景区泉瀑峡内，落差达到 314 米。泉瀑峡（老潭沟）是相传有位天河龙王为解救豫北民间干旱之苦，不惜违犯玉帝旨意，私自降雨被贬凡间的栖身之处。

沧海怒变红石峡

沧海怒变红石峡
双峰对峙峡谷立
悬崖绝壁赤赤红
游人岩壁穿梭移

俯瞰峡底泉水流
仰看峭峡头悬石
怎一个奇字了得
怎一首小诗了矣

伟人之湘——湖南

张家界之歌

一

你的美
让人见一次就永远牢记
当看到你时
我的呼吸一下就停止
从不曾怀疑
这是我今生最美的相遇

二

你是那么的自信
你是那么美丽
数千座山峰似一个个仙女
在云烟雾霭中斗艳争奇
千百根石柱如纤纤玉手
轻轻抚摸着琼楼玉宇
一抹抹瀑布如一件件白裙
飘飘洒洒落大地
一渠渠清泉
恰似你一串串的欢歌笑语
还有那
如刀切的绝壁
如幔似锦的峡谷
一株株罕见的花姿
山顶上的空中田园
九百九十九节天梯
横跨两峰的天下第一桥
土家妹子的山歌脆又细
深山幽谷藏丽人
独领风骚秀娇姿

三

我的心动了
你的美让我如醉如痴
若不是遇见你
我无法体会什么是愉悦的心仪
若不是遇见你
我无法体会什么是时空凝止
若不是遇见你
我无法体会什么是神魂痴迷
若不是遇见你
我无法体会什么是最折磨人的相思
娇艳的张家界
怎能不叫人想你

凤凰美得不想走

一

处处是名胜
在在有古迹
石板小路长又长
沱江的水啊清悠悠
一条条老街巷
一个个老旧的小木屋
一段段古城墙
一座座古城楼
历尽沧桑四百年
明清颜值依旧
阅尽凤凰城
须上风雨楼

二

坐上沱江的乌篷船
听听艄公的号子声
江边槌衣姑娘笑喳喳
跳岩游人尽欢颜
吊脚楼默默地站在水中
依然是老照片的样子
穿过风雨桥
万寿宫会馆
万名塔
夺翠楼
精巧玲珑
静守沱江岸

三

漫步老街
蜗行小巷
彳亍河畔
徘徊沈老旧居
到酒吧喝杯小酒
坐店面吃块血粑
嚼嚼脆甜香辣的姜糖
尝尝酸辣香鲜的酸汤鱼
看着让人心动的夜景
体会一次苗族风情的篝火狂欢
放一盏河灯带着美好的祝愿
千年后的凤凰更美丽
凤凰美
美得不想离开了
我爱你的灵魂
我更爱你的身体

再见了娇凤凰

风轻轻地吹
吹我来到你的身旁
我认识你了
美丽的娇凤凰

一

清晨
淡淡的云
轻轻地走来
静兮兮
你睡得那么甜
你睡得那么安静祥和
睡姿那个柔美
我的视线无法从你身上转移
是哪位女神醉卧人间
美
太美了
贵妃醉酒怎可比

二

太阳照着凤凰
分外朴实
不施粉黛
不抹胭脂
干干净净的仪容
展示着凤凰的丽质
你的每一个地方
都让我遐思
每一个故居
都有一段轶事
每一条小巷
都有一个故事
每一排吊脚楼
都有一段往事
每一个小塔
都有一段旧事
每一座小桥
都有一段趣事
每一段城墙
都有一段尘事
每一座城楼
都有一段盛事
步步有前事
事事有花絮

三

夜晚是你最美的时刻
似妖娆妩媚的美女
浓妆艳抹
火辣辣撩人迷
娉婷婉约
妩媚得体
独有的风韵
热情奔放的气质
五颜六色的霓虹灯

露出若隐若现的身姿
娇艳俏丽的容貌
把你衬托得更加令人着迷
绝世的美颜
风情万姿
勾魂之美
尽显凤凰惹人惜
每一个表情都是一幅绝美的画
每一个表情都让人唏嘘不已
别有一番风韵
真的好着迷
世间没有比这更美的
让人看得眼不移
让人看得不想走
让人看得心动不已
世上还有这样的绝世美女
多少俊男梦寐以求的美女
多少靓女羡慕不已的美女
在人间吗
竟然有如此动人的佳丽

四

风轻轻地吹
吹我离开你的身旁
再见了
可爱的娇凤凰

注：荣获第七届中外诗歌散文邀请赛一等奖，2020 年 8 月，《中外诗歌散文精品集》收录，中国文化出版社，2020 年 12 月。

逛逛十里画廊

两山夹一沟
山山山水画
悬挂绝壁上
人在画中行
上上转阁楼
碰向王观书
遇采药老人
喜逢老寿星
仙女拜观音
猛虎啸天吼
锦鼠观天象
细品三女峰
天生两面神
进进仙女洞
走走仙女桥
夫妻抱子情
猴猴猴子坡
海螺海螺峰
似与不似间
妙在看客功

注：张家界十里画廊景区，位于索溪峪景区，是该景区内的旅游精华，在这条长达十余里的山谷两侧，有着丰富的自然景观，人行其间如在画中。

天门山通天大道

曲曲弯弯弯弯曲
弯弯曲曲曲曲弯
九十九个坡来
九十九道弯

层层叠叠叠叠层
叠叠层层层层叠
壁立入云端
幽谷令目眩

巨蟒盘行冲九霄
首尾不相抱
通天本无道
无道变成通天道

上天门山

爬了九十九道坡
转过九十九道弯
登上九百九十九个天梯
一个大洞立眼前

玉帝一吼开天门
直通凌霄殿
吞云吐雾白茫茫
霞光万道灵光显
天门翻水是何缘
天门转向为哪般
盖世奇洞还有哪
哪能不上天门山

注：在湖南张家界天门山国家森林公园的天门山主峰，有一个巨大的山洞，这就是举世闻名的天门洞。

乘百龙天梯

乘梯揽月一阵风
倒立硬币币不倒
观景闻鸟嗅花香
平步青云赛果老

注：百龙旅游天梯位于世界自然遗产张家界武陵源风景区。

过天门山玻璃栈道

玻璃栈道悬崖挂
万丈深渊没有啥
踏云摸天谈笑过
天上人间都是画

乘天门山观光索道

人间天上一线牵
爬坡穿云越群山
拔地冲霄汉
送我上九天
世上本无道
只要你想走
无道就有道
看你走不走

韶山行

韶峰山下有韶山
一代伟人横空现
孩儿立志出乡关
敢叫日月换新天
神往圣地半世梦
今日献花思救星
像前感恩三鞠躬
小康不忘毛泽东

2018 年 9 月 9 日于韶山冲

橘子洲头抒怀

想当年
毛泽东疾呼
问苍茫大地
谁主沉浮

看今朝
小小寰球
谁的地盘谁做主
我的地盘我做主

2018 年 9 月 14 日于长沙橘子洲头

望沱江

虹桥依窗望沱江
一湾清水穿城去
一顶斗笠一根篙
划开江面小舟移

沱江跳岩有佳人
裸体顽童江中戏
风雨楼外无风雨
凤凰古城多故事

注：湘西沱江为湖南省凤凰县境最大的河流。

沱江月夜

乌篷船头一灯笼
轻划水面觅凤凰
把酒话诗聊翠翠
一曲渔歌月捧场

水声笑声水车声
堤边树枝沙沙响
艳灯艳影谁不醉
流光溢彩夜凤凰

路过芙蓉镇

千年古镇芙蓉镇
小镇挂在瀑布上
青山绿水环镇绕
石板小路光光亮
临水依依吊脚楼
大街小巷弯弯肠
褐瓦青墙米豆腐
芙蓉镇里尽天祥

注：湘西芙蓉镇，位于湖南省湘西土家族苗族自治州永顺县，因以同名小说改编的电影《芙蓉镇》而得名。

澧水船说

天门山下澧水长
乘画舫秋风细
看张家界夜景
万家灯火水中移
慢品土家三道茶
茶香满船溢
土家妹子对山歌
唱了一支又一支

注：“澧水船说”是张家界城区唯一的水上游览项目。

游黄龙洞

洞中有洞洞洞景
洞中有河河河涌
洞中有坡坡坡陡
洞中有楼楼楼通
洞中有山山山冷
洞中有瀑瀑瀑惊
晶莹剔透钟乳石
千态万状风骚穷

注：黄龙洞位于湖南省张家界市核心景区武陵源风景名胜区内，是世界自然遗产，因享有“世界溶洞奇观”“世界溶洞全能冠军”等荣誉而名震全球。

凤凰古城之夜

古城通宵着嫁妆
闹声持续到黎明
两岸灯火落沱江
天下夜景数凤凰

醉美之峡——三峡

第一次坐飞机

第一次坐飞机
早早来到太原机场候机
奔六的人了
却像孩子那样
在候机厅奔来奔去
手舞足蹈笑嘻嘻
望着窗外一架架升起的飞机
看着窗外一架架降落的飞机

巨大的发动机声响起
飞机慢慢地动开了
慢慢地
慢慢地
慢慢地滑行
突然加速
飞起来了
飞起来了
爬向蓝天
机场离得越来越远
大楼成了一个个火柴盒
大路成了一条条弯弯曲曲的线
山岭成了一条条蚯蚓
城市成了一个个小圆点

飞机继续往上穿
雾中飞
云中钻
雾蒙蒙 白茫茫
巨大的气流袭来
机身上下抖颤
狠劲向前
霎时穿过云层
阳光四射分外耀眼

看窗外
流动的云彩
似一潭潭绿绿的湖水
似一片片蓝蓝的大海
似一群群绵羊在嬉耍
似一匹匹白马在追赶
似一堆堆白雪
似一池池盐滩
似一个个巨浪
似一团团丝绵
似雾似纱似霭

飞机
缓缓地
缓缓地下降
缓缓地降落在重庆机场
心还在天上

2014 年 4 月 18 日于重庆

重庆掠影

千年古镇磁器口
高楼林立解放碑
犬牙交错楼不齐
忽上忽下路弯曲
大街小巷闹火锅
热油翻滚水煮鱼
江边几个棒棒人
天下美女看巴渝

2014 年 4 月 19 日于重庆

游磁器口

走在光溜溜的石板路上
转转磁器口的小巷
感受着低低矮矮的吊脚楼
欣赏着老街两旁的明清老房
看看小通巷个性十足的小店
听听吆喝游人的北调南腔
嚼一嚼入口化渣的陈麻花
尝一尝发源地的毛血旺
留恋古风犹存的茶馆
品品老荫茶的幽香
敲敲寺院的古钟
文艺范儿的酒吧喝二两
沐浴着嘉陵江的阵阵凉风
留一张千年古镇的纪念相

2014 年 4 月 18 日于重庆磁器口

休闲好去处 只在磁器口

一条条石板路
一盏盏红灯笼
一幢幢老房子
一阵阵古钟声
一座座吊脚楼
一场场龙门阵
一碗碗老荫茶
一件件小饰品
一锅锅毛血旺
一群群散游人
休闲好去处
只在磁器口

过瞿塘峡

一斧劈夔门
万水不回还
游人过瞿塘
平缓映峡艳

注：瞿塘峡西入口处，白盐山耸峙江南，赤甲山巍峨江北，两山对峙，天开一线，峡张一门，故称夔门。

白帝城怀古

跨廊桥
晋白帝城
忆刘备托孤
念诸葛贞忠
几声叹息
几多幽情
愿天下君臣效备亮
愿天下臣臣仿亮宠

注：重庆奉节县白帝城位于瞿塘峡口的长江北岸，东依夔门，西傍八阵图，三面环水，雄踞水陆要津，距重庆市区 451 公里。

宠指向宠（？—240 年），字巨违，荆州襄阳宜城，今湖北宜城人。官至中领军都亭。刘备时，历任牙门将（保护牙城的武官）、中领军，封都亭侯。诸葛亮在《前出师表》中，赞扬向宠“性行淑均，畅晓军事，试用于昔日，先帝称之曰能，是以众议举宠以为督。愚以为营中之事，事无大小，悉以咨之，必能使行阵和睦，优劣得所也”。诸葛亮北伐时，曾以向宠总督御林军。延熙三年（240 年），南征汉嘉（今四川雅安北）“蛮夷”时遇害。

巫峡秀

巫峡处处秀美景
峰转千回景叠景
峭壁怪石氤氲飘
巫山云雨景上景

神女峰

一位美丽的少女
都想亲眼看看她
都想跟她说几句
都想给她留个影
不论是中国人还是外国人
不论是男人还是女人
不论是大人还是小孩
不论是富人还是穷人

一位美丽的少女
亭亭玉立
站在青峰云霞之中
你瞧
她是那么端庄自信高雅
她是那么温柔姣好妩媚
她是那么稳重热情大方
她是那么美得让人喘不上气

一位美丽的少女
站在高高的山顶
迎朝霞送晚霞
花开花落春去秋来
看着远道而来的朋友
欢迎您来到神女峰
望着远道而去的船只
欢迎您再来神女峰

神女峰
美丽的少女
三峡的形象大使
重庆的形象大使
四川的形象大使

神女溪

神女溪
魅力的小溪
七仙女沐浴的神潭
气蒙蒙烟渺渺
峰叠峰山峦山
谷有多深水有多长
山高不见日树高不见天
水悠悠静悄悄
峰回溪转十八弯

神女溪
神奇的小溪
上升峰的绝壁三字
左看巫山云

右读巫山云
千年造化的伟人峰
伟人注目高峡平湖
喜看形象大使的无恙神女
万丈峭壁上的千古船棺
惊叹它是怎样放上去的
步步是美景十步不同天

神女溪
迷人的小溪
风轻轻地说
神女溪也叫美女溪
仙女姐姐们常来常往
洗脸梳头沐浴
水中轻歌曼舞
溅起一朵朵水花
响起一串串笑声
百鸟展歌喉
万花齐开放
不信
你闻闻
空气中还有淡淡的幽香

神女溪
秀丽的小溪
中国第一溪
林荫登高览五峰
岩逢幽谷探峡奇
溪岸漫步如幻梦
悬崖栈道赏峭壁
清之极致
绿之极致
幽之极致
静之极致
夺小三峡之奇秀
占大三峡之雄险
不到神女溪不算到三峡
到三峡一定看看神女溪

注：1. 巫山云：在神女溪的上升峰东南侧的万丈摩天绝壁上，“巫山云”三个大字清晰可辨，真不敢相信这“墨宝”并非人为，而是饱经风雨的青灰色崖壁上显现的褐黄印迹。更为绝妙的是，不仅从左向右看是“巫山云”，从右往左念亦是“巫山云”。怎讲？逆读时“巫”字越看越像繁写的“云”（雲），“云”则成了草书的“巫”。

2. 伟人峰：位于神女溪深处的净坛峰景区。伟人“毛泽东”凝目北望几十里外高峡平湖、无恙神女，与宜昌三斗坪的“毛公山”遥相呼应。

3. 五峰：翠屏、飞凤、起云、上升、净坛五峰，棋布于神女溪水两岸。

丰都鬼城

不管你是谁
都要来这里
生前做善事
不用下地狱

石宝寨

女娲补天留彩石
十二阁楼依山立
人间第一大盆景
抚江摸云恨天低

三峡人家

依山傍水吊脚楼
飞檐龙凤上九天
江水悠悠脚下过
古帆乌篷泊门前
渔家撒网打鱼忙
少女槌衣溪水边
袅袅炊烟夕阳下
羊肉格格美味鲜

吊脚楼

几根木棍
支着一排排小楼
背靠青山
临江而立气煞猴
窗吞长江
腾空而起鹰亦羞
木墙鱼鳞瓦
飞檐翘角楼摞楼
楼下水悠悠
楼上茶香溢满楼

过西陵峡

恶浪险滩今已去
风平浪稳水平缓

三滩四峡奇险趣
游山玩水履平川

注：西陵峡中有三滩，即泄滩、青滩、崆岭滩；四峡，即灯影峡、黄牛峡、牛肝马肺峡和兵书宝剑峡。

西陵峡土家村

白墙青瓦红门窗
零零散散草丛间

那山那水那人家
青山绿水雾漫漫

注：土家村是三峡秭归九畹溪镇唯一的一个少数民族村。

西陵峡桃花村

一

桃花村里赏桃花
千树万枝尽桃花
此起彼伏争奇艳
昭君忘去恋桃花

二

四月赏花正时节
桃花盛开红满岗
千蝶万蜂戏桃花
春风又吹桃花香

注：1. 桃花村原名桃树坪，位于湖北省宜昌市南津关西陵峡口之滨，与葛洲坝工程隔江相望，毗邻白马洞和下牢溪。

2. 桃花生产期前后开落有序，以野生桃开花最早，依次是自生桃、果桃、观花桃，呈此起彼伏之势。

3. 相传，西汉元帝时南郡秭归（今湖北兴山）王昭君应选入宫，乘船自长江三峡而下，在南津关弃船，换乘龙凤驿车北上。桃树满山，桃花盛开，昭君被这里的秀美景色所吸引，在桃花村游玩数日后才北上。

三峡大坝

三峡大坝横卧江
气吞山河龙王惊
截江断流出平湖
大禹在世赋诗颂

一户人家

西陵峡半山腰
巴掌大的一块地
一棵树
一户人家
一条羊肠小道
通到江边
一条小船靠岸边

一个小院
白墙
红门窗
人字顶
鱼鳞瓦
一盏灯挂当院

墙上挂着
大蒜苞谷红辣椒
斗笠蓑衣几把药材
房前
一只大黄狗
屋后
几只小鸡
几只白鹅
左边一片菜地
右边一块稻田
一条小溪入江中
升起一缕炊烟

荆州古城漫步

踏着古城墙上的青砖路
城墙下的石板小道溜溜光
护城河缓缓地流淌
明清时代的老墙阅尽沧桑
四座藏兵洞静悄悄
博物馆的千年古尸瞪着眼卧仰
寅宾门风采依旧
好一座历史古战场

一辆辆自行车环城而游
一辆辆汽车进出城门
吃着鱼糕丸子嚼着纸面锅块
小吃街到处弥漫着叫卖声
夜晚城墙上的霓虹灯
把古城打扮得像一位出嫁的少女
五颜六色的倒影在护城河轻步曼舞
好一个古今交汇的小城

荆州古城感怀

多少名利随风去
多少争斗变尘土

留下多少人和事
物是人非城依旧

荆州情

千里送亲下荆州
觥筹交错喜迎亲

桃园结义刘关张
不及亲家待我情

2014 年 4 月 23 日于荆州

武汉热干面

一碗热干面
一杯热豆浆
那辣那味那个爽
三日还有余味香

2014 年 4 月 25 日于武汉

三峡之美

一

三峡美
举世公认的美
千百年来
她就是美的代言
身上满满的
东方古典美女的风范
仙气飘飘
有着最美的容颜
第一次见时
整个人都融化了
那是一种
优雅高贵的风范
怎么看
都是那么尽美尽善
怎么看
都是那么美轮美奂
怎么看
都是那么不忍卒观
奔腾的江水
独特的景山
山伴着水
水映着山
一袭绿波似长裙
两岸青山似大片
她对于美这个词
体现得最全面
史上最美之峡
美的经典

二

无数人喜欢她
无数人赞美她
特别是那三峡之美
见到她的人都惊喜
下凡的仙子
俏美艳丽
天然之美
美得叫人不能挑剔
养眼的美女

艳姿
好艳姿
震撼的艳姿
淡妆浓妆都无敌
神范女

三

三峡之美
水之最美
春天的三峡
恰似那清纯的少女
穿着碎花的裙子
羞羞答答迈着小碎步
轻轻地走来
轻轻地走来
生怕惊了岸上人
生怕惊了水中鱼
夏天的三峡
恰似那吃错药的疯丫头
无法无天
手舞足蹈
上房揭瓦
攻城掠地
惹得人直挠头
打不是
骂也不是
秋天的三峡
又似犯了错的小女子
低着头
蜗行牛步
彳亍彳亍
野性不知跑到哪里
冬天的三峡
像个调皮的孩子
在云雾中忽隐忽现
蹦来蹦去
藏去藏来
又似那睡梦中的美人胚子
疯得疲惫不堪
静悄悄
没了往日的俏皮
好一个无骨美人
好一个南方俏佳人
精灵般的纯美
让人恋恋着迷

四

三峡美
美出天际的女神
摇曳多姿
惊天神颜
谁能不心动呢
让人挪不开眼
真的很美
令人惊艳
如此美颜
根本不需要化妆
如若化妆
根本不需要如此美颜
她的美

足以使时间停滞
她的美
足以使无一峡可媲
她的美
足以使美观止
美得让人挪不开眼
美得让人心动不已
难以逾越的美
经典的美

长江之吼

长江奔腾万千年
滚滚滔滔万里长
层峦叠嶂奈我何
暗礁险滩任我闯
波涛汹涌亮风采
风急浪高好冲浪
斗转星移看今朝
大江东去岂可挡

三峡泄洪

条条白龙
大江还
声声吼
破了天
云屯席卷
千层烟
蒙蒙雾
锁了天

鱼米之乡——江苏

鼋头渚

烟花三月鼋头渚
人山人海赏樱花
似雪非雪堆堆雪
又见江南水彩画

阳春三月

阳春三月百花开
红白黄粉枝头挂
花媚人娇幽香随
风吹落瓣满天霞

长春樱花

两岸樱花争奇韵
引来无数醉花人
长春桥下落樱花
樱花有情水无心

注：长春桥1936年建，位于江苏无锡市太湖涵万轩和绛雪轩的一泓水池中，桥的前后筑湖堤同太湖水分隔。每年4月，花开如云，淡红粉白相间，在青山绿水的掩映下，分外妖娆，称“长春樱花”。

神奇之山——黄山

黄山之韵

一

几亿年过去
地球发生了多大变迁
谁能说得清
谁也难尽言
黄山的颜值
高秀妍
越变越美
倾世红颜
艳冠群芳
吸引了多少媚眼
不愧是最靓耀的女神
居然是那么撩人心弦

二

青松搭配黑色的山峰
把山峰衬托得纤细高尖
云雾绕着山峰
犹如少女穿着薄衫
楚楚动人
散发出迷人优雅的身段
毫不做作的甜美
怎不让人心颤
细雨蒙蒙
似少女在浴兰
道不清的遐想
说不出的美艳
白雪穿在身上
让群峰更加清纯无染
高雅神圣
凸显出姣好的曲线
清新脱俗
成为万众瞩目的天仙
夕阳下的七十二峰
宛如一个个仙女下凡
光彩照人
宁静又如此华彩
着实令人着迷
着实令人憧憬眷恋
月光轻轻地披在山峰
山峰轻轻地打着鼾
静悄悄
睡梦中更显得美丽娇怜
怎么看都是那么俏
什么时候看都是那么灿
怎么看都能赏心悦目
什么时候看都能尽兴开颜
登黄山
天下无山
除了赞美
还有何言

美黄山

黄山
看见你
我才真正理解
什么是
五岳归来不看山
黄山归来不看岳
你的美
让所有的人都愉悦
你的美
让所有的山都叫绝

站在莲花峰
观云烟
上下翻滚
埋林隐山
似大海
轻舒漫卷
似瀑布
直泻深渊
人在雾中
欲成仙

看黄山
怪石宴
峰峰有怪石
怪石不同面
惟妙惟肖
天工锻
栩栩如生
神鬼炼
人间怪石千千万
还得看黄山

黄山松
棵棵长在石头上
看见你
我就知道什么是力量了
看见你
我就知道什么是漂亮了
看见你
我就知道什么是享受了
看见你
怎样才能把你忘却

黄山美
美黄山
天生一副美人胎
谁人不喜欢
超五岳
惊破天
说不尽的妩媚
道不尽的娇艳
天下多名山
不再看他山

草原之最——内蒙古

美丽的鄂尔多斯草原

一

美丽的鄂尔多斯草原
白白的云彩依偎着蓝蓝的天
红红的太阳热吻着绿绿的嫩草
一座座蒙古包撒落在草原
忽隐忽现的马儿在天边奔跑
骑着骆驼在沙漠中慢慢游玩
远处那星星点点的羊群
雄鹰在空中盘旋
骑马射箭的那个爽
斗牛士刺激黄牛转
跑跑卡丁车
感受一下响沙之王的响沙湾

二

太阳悄悄地落在草丛中
月亮慢慢地从草尖儿爬到天上
小风轻轻地吹
游人围坐在一团团篝火旁
悠扬的马头琴声
透着古今的悲壮
喝一碗主人敬的青稞酒
吃着黄灿灿的烤全羊
如痴如醉的舞蹈
粗狂野性的歌声
住一晚美丽的蒙古包
体味古朴的习俗风情
领略马背民族的神韵
做一天真正的蒙古人

天下名松——中国油松王

一

千年前
这里郁郁葱葱
森林茂密
中国油松王还是小孩时
慢慢地长着
长着
长着
水走了
沙来了
草没了
伙伴一个个干枯
伙伴一个个倒下
伙伴一个个不见了
都走了

都去了
地上没了一点绿色
满眼黄沙
就剩下我一个了
不
我不能死
我要活下去
我不要死亡
我要活下去
今天不是我死亡的日子
我要活下去
这一刻不是我死亡的时刻
我要活下去
什么十二级风暴
什么碗大的冰雹
什么百年不遇的干旱
什么灼伤的烈日
什么孤独
什么寂寞
都不能阻挡我活下去
我要活下去
我要活下去
我要活下去

二

千百年
中国油松王
独雄在鄂尔多斯高原上
顶天立地
直插云霄傲上苍
狂风吹更直
烈日骨更钢
大雪压更挺
沙尘埋更长
惊雷劈更劲
大旱叶更苍
暴雨枝更坚
严寒心更强
造就了一副钢筋铁骨
锻造了鱼鳞般的老糙皮
磨砺了一个个刀砍不动的老疙瘩
铸就了百折不挠的品质

三

中国油松王
金鸡独立
屹立在鄂尔多斯高原
枝繁叶茂
翠叶浓绿
松果累累
奇姿百态
忍受孤独
甘于寂寞
我要活下去
再活一千年
把美带给大草原
我要活下去
再活一千年
把美带给人间
我要活下去

再活一千年
把美带给全天下
好一棵中国油松王
好一棵天下名松

注：中国油松王——天下名松，生于公元1089年，位于内蒙古准格尔旗纳日松镇境内的一个有沙的黄土高岗上。该株大油松高26米，胸径1.34米，材积13.5立方米，为目前所发现的中国最古老的油松，故称“油松王”。该诗被《中华情全国诗歌散文作品集》收录，中国文化出版社2016年2月。获2015年“中华情”全国诗歌散文联赛金奖，荣获《新中国成立70周年文艺作品全集》特等奖，收录于中华诗歌网2020年1月18日。

秋游公主湖

一

骨肉厮杀天地怒
公主抽噎泪成湖
仰望天空云非云
低视湖心公主哭

二

四周沙丘绕
野草恣意逐
蓝天彩云戏清波
秋水凝眸赛西湖
一片金色染湖边
倒影画美图
湖面浮落叶
落叶翩翩舞
公主湖美
美在秋暮

注：公主湖位于内蒙古克什克腾旗的乌兰布统大草原，红山军马场西偏北20多公里处，相传是康熙大帝的三公主蓝齐格格被迫嫁给噶尔丹途经内蒙古草原，悲极而泣泪流成湖。

红山军马场观马

头颅高扬
仰天嘶
万马奔腾
尘土起
如风如电
长鬃飞
尾巴高扬
再给力

马蹄疾
草原任我驰
沟壑任我跃
沙丘任我驱
那气势
摇山动地
吞四海
威震寰宇

注：红山军马场位于内蒙古赤峰市的乌兰布统古战场核心区。

秋游乌兰布统

一

秋风紧
云无常
草海千里
金涛荡
野花点点
丝丝凉
满山叶红
霜林狂
白桦叶落尽
白苍苍
腰更直
再看来年换绿装

二

几潭湖泊
沙漠中的珍珠
风沙
怎能抹掉你的靓妆
群羊群牛群马
似飞絮飘荡
摔跤骑马射箭
刺激又紧张
住蒙古包
吃手把肉
喝奶茶
那个爽

三

看日出观日落
望月亮
数星星
宠辱皆忘
一壶闷倒驴
一只烤全羊
言欢尽
上宾赏
一曲天马吟
想起天骄王
祭敖包
天下吉祥

注：乌兰布统景区位于内蒙古自治区赤峰市克什克腾旗西南部，曾是清朝皇家“木兰围场”区，国家5A级景区。发表于网易艺术中国文化栏目、腾讯新闻栏目2021年3月9日。

草原上的一棵树根

一

一棵树
根裸露在地面
根连根
根盘根
你瞧那每一条根
布满了一道道深纹
磨出了一层层老茧
裂开了一道道疤痕

二

你仔细瞧那每一条根
弯弯曲曲
歪歪斜斜
攒足劲儿
死死地趴在地上
生生地抠往地下
争先恐后
碎首摧身

三

谁也不知道
他们抠向哪里
谁也不知道
他们能抠多深
他们只有一个心愿
什么也挡不住
土有多深
抠多深

四

让树
长成参天大树
躯干更粗壮
叶更荫
枝更繁
花更俏
果更甜
形更神

五

你瞧
那树
粗壮挺拔
拨雾穿云
无惧风霜雪雨
无惧天寒地冻
无惧沙化干渴
无惧烈日暴温

六

靠什么
靠的就是那些根
靠的就是那韧劲
靠的就是那万根一心
我们的祖国
不正是那棵参天大树
我们的人民
不正是那千千万万的根

大漠之梦——宁夏

西部影视城
——中国电影走向世界的出发点

一个臭不可闻的羊圈变成了东方好莱坞
一座破烂不堪的明代古堡成了5A级景区
一部部电影冲出中国走向世界
一个个演员成为影后影帝

一个小羊圈装得下人间的喜怒哀乐
一个小羊圈演绎中华上下五千年
一个小羊圈分得清爱恨情仇
一个小羊圈上演多少离合悲欢

一个墙头插个小旗就是战场
一个门洞站个士兵就是城堡
一个破屋就回到了明朝
一个大缸就是一坛浓浓的好酒

一个不可能的奇迹
一个艺术家的伊甸园
一个旅游者的圣地
一个中国电影走向世界的出发点

西夏王陵抒怀二首

（一）
巍巍的贺兰山下
屹立着一座座王陵
近看似埃及的金字塔
远望又似印度的泰姬陵

遥想当年
元昊帝金戈铁马
驰骋边塞
攻略杀伐
气吞山河
威震中华
辉煌二百年
宋辽夏三分天下

眼前的断壁残垣
诉说着曾经的辉煌与悲痛
荒野中的几个小土堆
见证着西夏的浮与沉
道不尽的沧海桑田
说不尽的变迁时空
历史不断地重演

一切都化作遗尘
（二）
黑云压
胡风起
贺兰山下
黄沙飞
几个小土堆
几个游人醉
凄凉一片
唏嘘感叹未尽意

沙坡头

莽莽沙海
直上凌霄殿
滚滚黄河
到此竟折腰
观世音
抛下叶一片
对面香山
静悄悄

注：沙坡头位于宁夏回族自治区中卫市城区西部腾格里沙漠的东南缘，国家AAAAA级旅游景区，集大漠、黄河、高山、绿洲于一处，具西北风光之雄奇，兼江南景色之秀美。

沙湖娇

东有西湖西湖秀
西有沙湖沙湖娇
亿万彩荷鱼赏花
百万候鸟冲九霄
万亩湖泊波浩渺
千亩苇丛筑窝巢
无垠沙漠伴驼铃
贺兰晴雪胜断桥

注：1. 沙湖旅游区在距银川市西北56公里平罗县境内的西大滩，因其独特优美的自然景观而被选为全国35个王牌景点之一，国家AAAAA级旅游景区。

2. 贺兰晴雪：沙湖西眺，巍巍贺兰山山峰高耸，重峦叠嶂，山上山下温差大，在初秋或仲春微雨即成雪，雪积成山，日照不融，山上阳光明媚，山下常如披絮，形成“贺兰晴雪”，为宁夏古代八景之一。

3. 断桥："断桥残雪"是西湖上著名的景色，以冬雪时远观桥面若隐若现于湖面而称著。属于"西湖十景"之一。

游黄沙古渡

黄沙东流天际头
长城南卧没有头
绿野西行满地头
黄河北去不回头

古人遗迹多滩头
往事如烟有说头
千年古渡占鳌头
塞北风光最名头

注：黄沙古渡原生态旅游景区是国家AAAA级旅游景区、国家级湿地公园、中国最佳生态休闲旅游胜地、明清"宁夏八景"之一。位于宁夏银川市兴庆区月牙湖乡。

沙湖月夜

荡舟苇丛惊鸥鹭
湖中嫦娥闻笛舞

荷花暗香袭骚人
远处灯火映绿湖

石头上的史记

奇特怪诞虽无言
简洁粗犷匠意洒

穿越万年道千古
贺兰岩画甲天下

注：贺兰山岩画属全国重点文物保护单位，国家AAAA级旅游景区、全国研学旅游示范基地，是中国游牧民族的艺术画廊。

水洞沟遗址博物馆抒怀

时光倒流三万年
远古先民在眼前
青山绿水猿成群
雷鸣电闪大火燃
山崩地裂谁能忘
离乡背井路漫漫
追求安宁最初心
自古人类多磨难

芦花谷

芦苇摇曳芦花飞
百鸟戏水浪花飞
红山湖内波荡漾
游船往来心花飞

注：芦花谷位于宁夏水洞沟旅游区。

多彩之州——贵州

美丽的小七孔

一

在那幽静的群峰之中
有一位美丽的小仙女
每天有好多好多的游人
来看这位小仙女
不管你来自何方
都会爱上这位小仙女
不管你是谁
都会如痴如醉爱着小仙女

二

美丽的小仙女
撒娇献媚令人惜
尽展招数撩人醉
柔美娇艳尽极致
你瞧她长身玉立
时而静静地躺在那里
似睡莲
睡得那个痴
脸上露出甜蜜蜜的微笑
发出轻轻的呓语
怎不惹人怜
怎不招人迷
谁看了
谁不想亲吻小仙女

三

你瞧她
顽皮得像个假小子
时而活蹦乱跳
可爱淘气
穿过龟背山
蹚过林地
水在石上淌
树在水中立
瀑布跌水
六十八级
眼都不眨
跳下去
一阶一阶往下跳
一层一层的白潹
恰似那泼玉撒珠
白练飘逸
又如推雪拥云
银河泻地
真是占尽风流
瑰姿艳逸
谁看了
谁不想拥抱小仙女

四

你瞧她
快乐得像歌之女
时而一展歌喉
一路歌戏
声音从低到高
优美的歌声轻轻响起
渐渐地越唱越高
忽然直冲天极
山谷回荡
磅礴的气势
陡然一落
愈唱愈低
愈低愈细
那声音渐渐远去
千回百折
人生难得几回痴
谁听了
谁不沉恋小仙女

五

你瞧她
怎么生了那么美的颜值
几百亩翠竹绿悠悠
犹如那身上的长裙子
数不清的小花随意绽放
点缀着骄人的软玉
一株株披藤挂萝的大树
远望如浑身绒毛的外衣
满眼都是藤萝
满眼都是蔓枝
分不清哪是树
哪是藤
不知是藤缠树
还是树缠藤
层层叠叠的树枝
从树梢一直垂落下地
恰似那齐齐整整的秀发
零零散散的飘逸
就像喝醉了酒
蒙蒙迷迷
摇摇晃晃
媚态万姿
她醉了
游人更醉小仙女

六

你瞧她
蹦蹦跳跳
一路来到
小七孔桥
小七孔桥
默默地卧在那里
身上穿着翠绿的藤蔓
水静悄悄
静得让你看不出它在流动
总是那么清
总是那么绿缥缥
绿得心飘
风轻轻地吹

吹起一层层浪花
均匀地洒在水面上
摇啊摇
浪花
亲吻着蓝天的倩照
亲吻着流云的倩照
亲吻着小七孔桥的倩照
亲吻着两岸古木的倩照
亲吻着丽人行的倩照
小七孔桥很小很小
小七孔桥很巧很巧
二百年来
七位小姑娘捏砌成的桥
经历了多少次洪水冲击
经历了多少次狂风暴雨的喧嚣
谁也道不明
谁也说不好
却依然如初
却依然不倒
谁见了
谁不敬佩小七孔桥

七

美丽的小七孔
可爱的小仙女
纯洁
雅气
任性
百折不屈
美丽的小七孔
人人爱你
可人的小仙女
明天一定更幽丽

注：小七孔景区位于贵州荔波县西南部，是国家级风景名胜区，世界自然遗产地，景区北首有一座建于清道光十五年（1836 年）的小七孔古桥，景区之名由是得之。该诗荣获 2019 年第二届“琅琊杯”全国诗书画家精英赛诗歌一等奖。

粗犷的大七孔

一

沿着打狗河的栈道
缓缓前移
水就在脚下
鱼儿在水中追逐嬉戏
水草在水下轻歌曼舞
河边的树木倒映在水里
河水的颜色
时而变成淡蓝
时而变成墨绿
时而变成蓝绿

蓝蓝的河水
静静的像一面镜子
像一条绿绸带
像一块绿宝石
怎不叫人醉
怎不叫人迷

二

突然
也不知道生谁的气
由小淑女一下变成了野小子
河水开始变得暴戾
怒吼冲天
不可一世
时而入地
不见踪迹
时而钻洞
不知流向哪里
突然从妖风洞跃出
形成层层跌水
一波比一波大
一波比一波急
洞中有瀑
瀑下有湖
湖上有天窗
浑厚激越的交响曲
一曲接着一曲
响彻山谷
回荡天宇

三

沿着大七孔桥溯流而上
进入长长的峡谷
一座挨着一座
刀削般的危崖拔地而起
直插云海
绝壁上附着朵朵钟乳
恰似大卫的条条腹肌
山巅上
层层翠林
似一把把巨大的绿伞
望不到边际
还有那令人恐怖的恐怖峡
一块块怪石贴在峭壁
摇摇欲坠
一声呼叫
就会惊动绝壁上的大小岩石
飞蹦谷底
不知哪位大仙路过此地
造了一座仙人桥
又高又大
又宽又厚实
艳丽纷繁的花花草草
婀娜多姿的藤萝蔓枝
轻轻地缠绕在桥身
打扮成了一座漂亮的大彩桥
有人叫她东方凯旋门
好气派的名字

四

刚游了小七孔
又览大七孔
两个姐妹
众评不一
七个小姑娘建了小七孔桥
七个小寡妇建了大七孔桥
小七孔玲珑剔透
大七孔磅礴神姿
小七孔妩媚又妖娆
大七孔恐怖有魅力
小七孔幽静
大七孔淘气
小七孔灵秀
大七孔笨滞
小七孔柔媚
大七孔粗实
小七孔娇艳
大七孔色失
各领风骚二百年
今朝二桥尤清丽

注：大七孔景区位于贵州黔南荔波，是以原始森林、峡谷、伏流、地下湖为主体的景区，景观峻险神奇，气势雄峻磅礴。因瑶山瑶族乡孟塘村附近的打狗河（又名孟塘河）上有一座七个孔的大桥而得名。

游梵净山

一

黔东有仙山
名曰梵净山
延绵万米长
睡佛生天然
山是佛
佛是山
一山劈两半
一座天桥连

二

万卷经书阅不尽
蘑菇石神仙点
挤过金刀峡
天桥转一转
上金顶
离天三尺三
摘星星够月亮
穿云衣抱火伞

三

白茫茫
雾漫漫
乱云飞舞
山在雾中闪
日出云退
万里宽
真容露
雨天过后佛光悬

注：梵净山，得名于“梵天净土”，位于贵州省铜仁市，是中国佛教五大名山之一，国家5A级旅游景区。

西江千户苗寨

一

白水河的水清又清
苗寨的姑娘倩又倩
山就是寨
寨就是山
吊脚楼层层叠叠欲吻云
梯田踏山上蓝天
一座座风雨桥
躲风避雨闲拉谈

二

花灯上
登观景楼
斜倚美人靠
看万家灯光
千户苗寨吐真颜
恰似满天星斗落闺房
天越黑颜越美
赏寨最佳时
看苗寨
到西江

注：贵州西江千户苗寨是一个保存苗族“原始生态”文化完整的地方，由十余个依山而建的自然村寨相连成片，是目前中国乃至全世界最大的苗族聚居村寨。

雨中甲秀楼

一

万鳌矶石驮秀楼
飞甍翘角揽风雨
一片梨花落明河
水鸟呜咽长相思

二

朱梁碧瓦甲秀楼
水光山色高楼丽
文人雅士斗诗文
风风雨雨终不屈

2019 年 3 月 9 日于贵阳

注：甲秀楼在贵州省贵阳市城南的南明河上，以河中一块巨石——万鳌矶石（这块石头酷似传说中的巨鳌）为基而建，历经四百年的风吹雨打而仍旧矗立不倒，是国家 AAA 级旅游景区。

黄果树瀑布

瀑布已挂五万稔
知名不过五百年
银河直跳犀牛潭
惊雷阵阵天下传

千万花絮轻烟曼
彩虹小桥落前川
水帘洞内观珠帘
不知天下哪可见

饮高山流水酒

苗寨姑娘热情又好客
捧着香甜甜的米酒
管你喜欢不喜欢
来到苗寨先喝酒

干一杯呀干一杯
高山流水长流酒
喜欢呀喝一杯
不喜欢呀喝三杯酒

注：高山流水酒是苗家姑娘每人手持一个酒海（盛酒器，苗家叫酒海），从高往低依次排开，当客人准备好时，两三个或三四个或五六个或七八个或九十个，或十一、十二、十三个酒海依次倒酒，酒从上而下流入客人口中，形成高山流水，或成酒瀑，场面非常壮观。

过陡坡塘瀑布

女娲补天彩石落
落石砸出万丈口
陡坡直立宽又宽
白水到此荡悠悠

蓝天彩云洗洗脸
薄纱曼舞繁花抖
乌云翻滚洪水起
黄龙跃坝冲天吼

注：陡坡塘瀑布位于贵州省黄果树瀑布上游1公里处，瀑顶宽105米，高21米，是黄果树瀑布群中瀑顶最宽的瀑布。陡坡塘瀑布顶上是一个面积达1.5万平方米的巨大溶潭，瀑布则是形成在逶迤100多米长的钙化滩坝上。

喜看金海雪山

阳春三月上音寨
山峦田坝重彩染
万亩油菜似金海
千顷李花如雪山

金海雪山相辉映
偶有桃花缀其间
更有绿叶隐其中
音寨河畔花香艳

注：在贵州省贵定县盘江镇音寨村，每至春分，万亩油菜花和千顷雪李花构织成了“金海雪山”之奇景。

侗寨掠影

群山环抱溪水淌
山岭沟壑梯田镶
寨门图腾风水林
萨堂谷仓榨油房
鼓楼戏台芦笙坪
井亭禾架养鱼塘
水碾石碓风雨桥
青石板道吊楼夸
侗族大歌篝火旺
好一个人间天堂

注：侗寨即侗族村落。

风雨桥

狂风暴雨洪水闹
三番五次毁我桥
上下一心齐发力
筑牢中国风雨桥

浩瀚之疆——新疆

三号坑——美丽的姑娘

她的颜值高得出奇
靡颜腻理
魅力无瑕
玉骨冰肌
一双清澈的眼眸
秀发瀑布般飘逸
疑是仙女下凡
又似一尊象牙雕刻的神女
每一个路过的行人
都会止步凝视
无一不在心动
世间还有如此美丽的女子

母亲遇到前所未有的危机
老大哥背信弃义
撤走专家
撕毁协议
限期还债
抛弃友谊
伟大的母亲
有志气
没有被吓倒
号召子女
勒紧腰带
饿着肚子
咬紧牙关
挺过威逼
美丽的姑娘
有魄力
为“两弹一星”提供原料
为母亲还债出力
偿还外债
举洪荒之力
建设自己的核工业
发展自己的核武器
拼了
不遗余力
流汗
流血到最后一滴
晕倒了
从地下爬起
冬季零下 57 摄氏度
丈量出姑娘的钢铁意志
用最原始的工具
干活没夜没日
受着放射性危害
除了吃饭睡觉都在工地
喝糊糊
掺着麦壳沙子的馒头照吃
最困难的时候
连最基本的糊糊都难以为继
饥饿的姑娘
拖着浮肿的双腿坚持
有七百多名兄弟姐妹长眠在这里
有多少兄弟姐妹带着伤痛疾病离
开这里

美丽的姑娘
硬是挤出自己的乳汁
哺育着自己的核工业
哺育着自己的核武器
硬是承担了 47% 的外债
债务提前一年还毕
为两弹一星的发射
立下了不朽的功迹
无不凝聚着可可托海儿女的心血
无不体现着姑娘的志气

母亲没有忘记女儿
送给女儿四个字
为国分忧
够了
这就足够了
女儿知足了

花开转瞬间
花谢那一时
我站在姑娘的面前
没有了一点少女的影子
双眸浑浊
皮肤松弛
耳聋语缓
满脸褶子
白发稀疏
动作缓迟
仔细端详
依稀残留着昔日的美丽
那种撕心裂肺的痛楚
那种对人难言的打击
在姑娘面前
有多少人泪流满面
有多少人长跪不起
有多少人泣不成声
有多少人唏嘘不已
三号坑
人民会永远记住你
英雄坑
国家会永远记住你
功勋坑
历史会永远记住你
美丽的姑娘
美丽永远属于你

注：1. 三号坑，位于新疆富蕴县可可托海镇。三号坑曾在 20 世纪六七十年代为我国研制“两弹一星”、打破大国核垄断、发展航空航天事业，建立过巨大而特殊的功勋，并承担了我国偿还苏联外债的 47%。诗文 700 余字，表示对 700 多名烈士的缅怀。

2. 发表于中红网 — 红色旅游网。《三号坑——美丽的姑娘》于 2020 年 4 月 27 日荣获 2020 年第七届“相约北京”全国文学艺术大赛一等奖，收录于《相约北京全国文学艺术精品集》中国文化出版社 2020 年 9 月。

远嫁的额尔齐斯河

我们有多少个儿女
东南西北中
数也数不清
他们都在我们身边
有的听话
有的乖巧
有的惹祸
有的贪玩
不管怎样
我们都能管得住
我们都能看得见
唯独这个小丫头
非要远嫁
嫁到很远很远的地方
男孩子长什么样
我们做父母的都没有见过面

你瞧她
穿上蓝色的婚纱
像一条蓝色的飘带
像一位蓝色的女神
奔向北方
奔向北冰洋

那是沁人心脾的蓝
那是湖水清澈的蓝
那是蓝天倒映的蓝
那是绿树相随的蓝
美的是两岸流光溢彩
美的是白云黄沙陪伴
美的是河水清澈见底
美的是梦幻般的画卷
美的是水中的冷水鱼
美得恰似哈萨克少女
美得恰似图瓦人姑娘
美得怎能让人不思念

你遇到了让你心动的人
可能认识几个月
可能认识一年半载
可能压根就没有见过面
谈婚论嫁
非他不嫁
远嫁
远嫁
远到天边
远到永远看不见

你孤身一人上路
没有兄弟姊妹陪伴
瞧
你是多么开颜
一路向北
什么也挡不住
击碎它
挡路的石岩

冲开它
前面的大山
一会儿在半山腰
一会儿跌入谷底
一会儿平静如镜
一会儿瀑布飞溅
一个急转弯
向北奔腾而去
你带着亲情 友情 乡情
走得很远很远
这一刻我们已崩溃
强忍眼泪
强装硬汉

悄悄地来了
悄悄地走了
似乎你从来没有来过
似乎从来没有你这个女儿
你的父母追跑在你的后面
追赶着你的身影
身影越来越小
身影越来越远

你
慢了下来
走得很慢很慢
甚至要停下来
欣赏着两岸
骆驼 牛羊 猎犬
绿洲 沙漠 远山
彩石 五颜六色
桦林 层林尽染
杨树 婀娜多姿
仙境 如梦如幻
一路风雨
一路风景
陷入沉思
几度转弯
回望父母
父母还在不断地挥手
再一次转弯
父母在擦拭流下的泪水
一切
一切
都敌不过你的千古绝恋

你
一咬牙
义无反顾
奔向北面
找你梦中的丈夫
寒冰冰的北冰洋
你走了
把我们的心也带走了
留下无尽的思念

远方的男孩子
珍惜来到你身边的女孩子
我们的女儿
为了你
放弃
放弃

一切都已放弃
你
买断了她的后半生
请对她百倍负责
好好善待女孩子
如果你不能
就不要娶
因为
她伤不起
我们伤不起
大家都伤不起

额尔齐斯河
一条流向北冰洋的河
一位美丽的女孩子
一位唯一远嫁的女孩子

2016 年 8 月中旬于新疆额尔齐斯河畔

注：额尔齐斯河是一条特立独行的河，是中国唯一一条向北流入北冰洋的河流，发源于新疆阿尔泰山西南坡。该诗获《中国当代作家书画家代表作文库》一等奖，入编《中国当代作家书画家代表作文库》（2018 年卷）。

永远盛开的格桑花

格桑花
高原上最美的花
不管你走到哪里
都能看到美丽的格桑花

摇摇晃晃晃晃摇
柔弱的小手举着那么大的花
晃晃悠悠悠悠晃
让人看着泪哗哗
风越疾腰越挺
风越狂腰越直
雨越猛叶越展
雨越恶叶越翠

日越晒花越开
日越暴花越旋
天越寒花越红
雪越虐花越美

百折不挠的格桑花
与世无争的格桑花
默默奉献的格桑花
永远盛开的格桑花

戈壁的美女——红柳

一

你瞧她
天生的贫瘠
屹立高原
扎根戈壁
沙漠有她的身影
无人区里显风姿

二

你瞧她
天生的营养不济
菜黄色的容颜
麻秸秆的身子
灰不溜秋的肤色
病恹恹的样子

三

你瞧她
没有天生的俏丽
没有牡丹的红颜
没有兰花的香气
没有青松的伟岸
没有女贞树的绿碧

四

你瞧她
多么不屈
暑魑烤
寒魅逼
雨魉压
雪魍击
风妖吼
沙魔欺
旱鬼困
涝怪袭
摧残不了她
折磨不垮她
毁灭不了她
奈何不了她

五

你瞧她
多么有志气
无人赏
不惧孤寂
钻石缝
扎戈壁
水有多深
根有多深
生生把根深扎到地下几十米
汲水气
夏日
沙滩石
一丛丛粉红色的小花

分外幽姿
你瞧
楼兰古城边的那棵红柳
一半绿叶
一半枯枝
摇摇晃晃
倔强挺立
极力挣扎
是这里唯一半存活的生物体
为荒漠
为戈壁
为大地
涂鸦绿衣
一年一年又一年
一世一世又一世
奉献平凡的一生
彰显非凡的价值
活得艰难
死得悲凄
完成凄美的生死轮回
保留自己最后的生命痕迹

六

什么是不畏暴戾
这就是红柳的不畏暴戾
什么是顽强不屈
这就是红柳的顽强不屈
什么是奔跑不息
这就是红柳的奔跑不息
戈壁的美女——红柳
了不起
戈壁的美女——红柳
我敬你
戈壁的美女——红柳
我爱你

注：红柳，即多枝柽柳，属灌木或小乔木。高 1~6 米，老杆和老枝的树皮暗灰色，当年生木质化的生长枝淡红或橙黄色，长而直伸，有分枝，第二年生枝则颜色渐变淡。

沙漠的骄子——胡杨

大西北
有一种树
生而不死一千年
死而不倒一千年
倒而不朽一千年
那就是三千年的胡杨树

一

春天来啦
小胡杨出芽啦

一胞多胎
一簇一簇成群成长
刚冒出的幼芽
就拼命地把根扎
他们欢天喜地
舞动着细皮嫩肉的小手
欢呼雀跃
眉开眼笑
如痴如醉
如癫如狂
向着苍穹呐喊
我们来啦

二

水越来越少
谁的根扎得更深
谁的根钻得更远
谁就能存活
优胜劣汰
同胞兄弟姐妹
生死离别
依依不舍
只剩一棵
活生生地长到三十多米高
弱肉强食适者生存
这就是大自然的法则
亿万年来
这条亘古不变的定律
在一代代的生命上
无休止地演绎着

三

留下来的胡杨
顽强地生存在沙漠
毒辣的太阳
烤得沙漠滚烫
老天爷偏心
一年下不了几滴水
寒冷
大地冻得炮弹打个白印
狂风
刮起遮天蔽日的黄浪
你瞧那胡杨
伫立荒沙
高仰起头颅
腰板挺得直溜溜
傲视苍穹
笑对骄阳
没有一分妥协
没有一点乞求
没有一滴眼泪
没有一丝悲伤
有的是拼搏追求
有的是坚忍顽强
在荒原上
筑起一排排绿色长廊

四

水量减少
胡杨在干渴中枯去
胡杨虽然生命力极强

但也逃不过长期的水荒
千年胡杨却活不到 100 年
命丧沙海
宁可站着死决不跪着生
直到老死枯亡
你看
一棵棵胡杨
仍旧站立不倒
光溜溜地站立沙荒
高达十几米
像一座座里程碑
似乎向人们
诉说着往日的辉煌

五

你瞧
罗布泊三间房
那一根根胡杨木
千年风雨
历经磨难
依然那么坚硬
钢筋铁骨千年铸
抗争品质万年颂
中华民族不屈抗争
就是中国屹立至今的基因

注：胡杨，是世界上最古老的一种杨树，以强大的生命力闻名，是我国西北地区重要的造林树种，主要分布在新疆南部、柴达木盆地西部、河西走廊等地。

娇艳的喀纳斯

有一个少女
她的名字叫喀纳斯
喀纳斯
美丽又神秘

娇艳的喀纳斯
美得让人窒息
色彩斑斓的颜容
一天浓妆几次
大树冲得老远老远
还要顽强地返回来
就是想看看喀纳斯
就是不愿意离开喀纳斯
一棵棵大树
变成枯木
筑起了千米长堤
千年冲不移
神仙的心也动了
下凡欣赏少女的美貌
惊叹七仙女也没有这么清纯
跳出了一个神仙湾
嫦娥也来了

怎么还有这样靓丽的小妹妹
翩翩起舞
舞出了一个弯弯的月亮湾
巨龙也不甘寂寞
来到少女身旁
再也不想飞
卧出了一个卧龙湾
成吉思汗
为了保护少女
追击来犯之敌
留下了大大的脚印迹
不知何时
来了水怪
时不时浮出水面
也想看看少女的天姿
大雨过天气晴
云海出佛光起
喀纳斯
最美那一时
养眼美少女
还看喀纳斯
登上观鱼台
尽览喀纳斯

注：喀纳斯位于阿勒泰地区的布尔津县境内的深山密林中，是新疆最有名气的优美风光地带之一。

马牙山

马牙山顶
有一排排巨石
似一匹匹烈马的獠牙
似一条条鳄鱼的毒齿
似一波波大海的巨浪
似一头头老虎的利齿
发挥你的想象吧
想什么什么是

巨石硬吗
太硬了
风无力吗
太无力了
风
吹啊吹
吹上十年
吹上一百年
吹上一千年
吹上一万年
吹上一亿年
吹上十亿年
巨石变成了马牙
大山变成了马牙山

注：天池西南两公里处，有马牙山，海拔3056米，山体长5公里，山顶断崖崔嵬，巨石林立，形似一排巨大的马牙，因而得名。马牙山石林是天池景区的一绝。

瀚美新疆

一百里路无一人
五百里路无一村
不到新疆不知中国有多大
不到新疆不知国道有多直

天就在脚下
路就在天上
不到新疆不知天有多蓝
不到新疆不知天有多低

神秘的喀纳斯湖
仙境的天山天池
不到新疆不知水有多神
不到新疆不知景有多美

哪里有帐篷
哪里就有冬不拉的琴声
不到新疆不知哈萨克族少女有多美
不到新疆不知哈萨克族少女的歌声有多脆

哪里有高山
哪里就有雄鹰
不到新疆不知雄鹰飞多高
不到新疆不知有多少宝藏埋戈壁

中国的小俄罗斯——布尔津

布尔津
美丽的布尔津
让我心动的布尔津
你是我见过最美丽的小城

你是那么纯洁
纯洁得让人不敢嬉戏
你是那么整洁
整洁得让人不敢步移
你是那么宁静
宁静得让人不敢呼吸
你是那么漂亮
漂亮得让人不敢直视

满街的俄罗斯巴洛克式建筑
雅典美女的浮雕挂在外墙壁
额尔齐斯河畔
翩翩起舞的苏联红军铜像屹立
老浮桥遗址
诉说着往日中苏友谊
听听手风琴拉奏的莫斯科郊外的晚上
喝喝俄罗斯老太太的格瓦斯
尝尝俄罗斯大叔的黑面包
吃吃河堤夜市的烤狗鱼
这是在哪儿
是在“小俄罗斯”
是
不是
是布尔津
是中国的“小俄罗斯”

喀纳斯的御花园

白哈巴
雄鸡尾巴上的第一村
远离都市
远离红尘
静悄悄
碧荫荫
原汁原味原生态
人间净土难觅寻

处处是水草
牛羊信步走
晨闻鸡犬鸣
夜听虫鸟秀
看日出观晨雾
望日落数星斗
阿勒泰山的雪峰绵绵
两条白缎般的小河环村流

多彩斑斓的白桦林
围绕着小村
宛若身着嫁装的图瓦少女
说不尽的妩媚纯净
近览图瓦人家
清一色的原木枕
搭建的房子和院落
还有那大半截埋在土里小木窨
炊烟徐徐升
肉香飘出门

瞧那图瓦人骑着马唱着歌
行走在绿色的草原
神仙不过也这样
怎不叫人生羡
白哈巴村
喀纳斯的御花园
人虽走
心恋恋

注：白哈巴村位于中国地图最西北角，是新疆阿勒泰地区图瓦人最集中的一个村子，号称中国西北第一村，中国最美的八个小镇之一。

罗布泊抒怀

一望无际沙漠黄
天高地阔荒茫茫
无边无沿戈壁滩
孤魂野鬼四处荡

日卧沙丘是金山
日跳天际是金光
银河竖在沙丘上
亲吻天空抚月亮

无路处处都是路
无水处处曾水漾
毛骨悚然风暴吼
携沙裹土恨断肠

楼兰古城八百年
可叹只留三间房
独一无二太阳墓
楼兰美女重登场

龙城雅丹添奇彩
遐想翅膀尽翱翔
层层波浪盐壳滩
偶见芦苇枯枝躺

烟波浩渺罗布泊
流水不再寺无香
仙湖消逝成盐泽
多少感叹与凄凉

翻沙越丘过戈壁
下地狱再上天堂
路就在我们脚下
走向遥远的远方

注：罗布泊，中国新疆维吾尔自治区东南部湖泊。由于形状宛如人耳，罗布泊被誉为“地球之耳”，又被称作“死亡之海”，现仅为大片盐壳。

昆仑抒怀

一

望昆仑
横卧北中国
弯弯曲曲五千里
冲九霄
群山不尽
峰叠峰
喜看昆仑六月雪
风景这边独好

二

登昆仑
把酒执寰宇
观天下
乌云密集
鬼雨泄
扰我中华谋百计
览四海
妖风乍起
恶浪掀
亡我中华心不死

三

莽昆仑
中华大地的脊梁
上下五千年
潮来潮往
风浪
经得太多了
十七级风浪
我们挺过来了
坎坷
多得数不清
比长征的还多吗
我们走过来了
灾难
一桩接着一桩
比新冠还怕吗
我们战胜了
还有什么
尽管上
莽昆仑
中华大地的脊梁
托起大中华
奔远方

神秘的昆仑

一

回望中华五千年
中华文化之源头
神话起昆仑
昆仑有天都
中国第一神
女神西王母
王母即昆仑
昆仑即王母
黄帝登昆仑
大禹治水到昆仑
万山之祖
中华龙脉之祖

二

昆仑死亡谷
恐怖又怪诡
荒山野岭
几百里无人烟
险境魔幻
狰狞万状
下有暗河
上有闪电
处处是狼的皮毛
熊的骨骸
锈了的猎枪
荒丘孤坟一串串
没有植物
满目苍凉
谜案重重
阴惨惨
地狱之门
昆仑禁地
生死走一回
闲来走一圈

登观鱼台

想当年
大汗铁木真
在这里点将
挥手西进
十万雄兵
从日出之地打到日落之城
席卷欧洲
举世骇惊

看今朝
干柴捆捆
堆积在我们的门口

一根火柴就可爆引
纵火者
莫后尘
花剌子模帝国是怎样灭亡
摩诃末大汗是怎样逃遁
来多少吃多少
一个都不剩

注：1. 观鱼台位于新疆布尔津喀纳斯景区内，建于海拔 2030 米的哈拉开特（蒙古语意为“骆驼峰”）山顶上，与湖面的垂直落差达 600 多米，因处于观察“湖怪”的最佳位置，故得名“观鱼台”。观鱼台是喀纳斯景点中的极品，是唯一一个能驻足饱览喀纳斯美景的最佳平台。

2. 从日出之地打到日落之城：成吉思汗语。

夏日葡萄沟二首

一

漫山遍谷的葡萄园
架上的葡萄一串串
葡萄长廊长又长
绿荫蔽日玉珠串
葡萄沟的葡萄圆又圆
摘了一串又一串
葡萄沟的葡萄甜又甜
吃了一串又一串

维吾尔少女美如花
葡萄笑得红红的脸
维吾尔少女辫子多又多
葡萄羞得紫紫的脸
维吾尔少女辫子长又长
葡萄臊得白白的脸
维吾尔少女眼睛大又大
葡萄囧得青青的脸

二

火焰山下绿洲火
葡萄藤蔓层层漫
桃杏梨桑无花果
袭人果香幽幽悬
小河流水清又清
村舍农家丛中掩
葡萄美酒清香甜
畅饮千杯赛酒仙

注：葡萄沟是新疆吐鲁番火焰山山脉中一块呈南北走向的河谷地，全长 7 公里，最宽处约 2 公里，因盛产葡萄而冠名。

禾木村小息

蓝天白云老鹰悠
友谊峰
云雾萦绕
魂醉秋幽
村口山坡看日落
村后山腰观日出
漫步白桦林
禾木河边走走
禾木桥上听水声
梦幻炊烟带
骑马挥鞭放牧归
牛羊围栏休
神的自留地
仙的后花园
铁皮屋顶已出现
小木屋还会待多久

注：禾木村是新疆维吾尔自治区布尔津县喀纳斯湖畔的一座村庄，是图瓦人集中生活的居住地。

白哈巴国家森林公园

初春万木吐翠
嫩绿娇脆
盛夏山花烂漫
姹紫嫣媚
金秋红黄绿褐白
争艳斗美
隆冬玉树琼花
银装冰辉
一年四季都是画
春夏秋冬一日会
最美风光在九秋
梵高在世也难为

注：白哈巴国家森林公园位于新疆的西北部，北部和西部与哈萨克斯坦共和国接壤，总面积 483.76 平方千米，森林覆盖率为 70%。

世界魔鬼城

翘首远眺魔鬼城
人间美景至此终
你想看啥就有啥
你说啥景就啥景

游走鬼城恐怖生
风戏土丘多怪形
满目黄土一草无
一片死寂魂僵硬

月暗星黑恶风涌
沙飞石走尘匆匆
虎啸狼嚎鹤唳唳
鬼哭神号亡魂鸣

注：世界魔鬼城又称乌尔禾风城，位于新疆维吾尔自治区准噶尔盆地，是一处独特的风蚀地貌，形状怪异。

望罗布泊沙漠

望断天涯还是沙
骄阳沙海火辣辣
不尽沙浪天上来
不绝沙丘永无涯
一路不见一点绿
一年不见雨滴下
始终不见骆驼铃
何时再见满鱼虾

注：罗布泊（Lop Nor），中国新疆维吾尔自治区东南部湖泊。先秦时的地理名著《山海经》称之为“幼泽”，也有称泑泽、盐泽、蒲昌海等。罗布淖尔是蒙古语音译名，意为多水汇集之湖。后由于气候变迁及人类水利工程影响，导致上游来水减少，直至干涸，现为大片盐壳、沙漠、戈壁滩。

望罗布泊戈壁滩

放眼不见一棵树
干涸河床一绿点
空无一人野茫茫
与天一吻戈壁滩
石跳砂舞红日囚
夜半静寂明月寒

感叹多少探险人
魂断戈壁梦碎滩
瘦骨伶仃骆驼草
戈壁滩上大名媛
红柳胡杨一排排
誓叫戈壁变田园

大美天池

半月天池镶博峰
四周群山抱碧玉
云杉塔松遮天日
雪峰倒映云戏水

东小天池浴仙盆
王母沐浴梳洗涧

百丈瀑布飞流下
谁把彩虹绘崖前

西小天池如圆月
水清幽深月沉壁
小巧玲珑闻涛亭
声震裂谷水擂石

晚霞火烧山

团团烈火
无边无际
熊熊燃烧
彤彤红

把把红伞
遍插大地
见风起舞
溜溜红

红红的天
红红的地
红天红地
红火火

注：火烧山位于新疆昌吉回族自治州吉木萨尔县境内，在乌鲁木齐市到阿勒泰市的216国道的路上，非常耀眼。其面积有10平方千米，这里连绵起伏的山丘，是由烧结岩构成的一片赭红色。放眼环顾，几乎见不到其他色彩。每逢晨昏，在朝阳或晚霞映照下，仿佛仍在熊熊燃烧，壮丽罕见，因而得名，是216国道的一个景点。

夏日火焰山

大圣蹬倒八卦炉
几块火炭落九天
熊熊烈火烧不尽
悟空巧借芭蕉扇
三下扇灭撩天火
铸就今日火焰山
火日火山火火浪
火龙火舌火火焰

注：新疆火焰山位于吐鲁番盆地的北缘。由红色砂岩构成，长100公里，最宽处达10公里。

野鸭湖

野鸭湖里赏野鸭
引吭高歌冲天际
猛扎湖中逐鱼儿
翅扬清水浴彩羽
伫立浅水气咻咻
慢划水面荡涟漪
双双比翼始终伴
一只离去不嫁娶

注：可可苏里湖坐落于新疆阿勒泰地区富蕴县境内，距县城约25公里，又称野鸭湖。

吐尔洪清晨

一

太阳从山后慢慢爬出
霞光洒向山岗
宛如睡梦中的少女
风姿尽展月无光

二

水鸟湖泊打鱼人
小船芦苇采摘忙
赶场羊群白云飘
牧场炊烟白毡房

注：吐尔洪位于新疆阿勒泰地区富蕴县城东，县辖乡，距县城 24 公里。

天下第一滩

神仙扔下五彩泥
红浓绿黄黑紫稀
孤奇怪异浮雕画
天下匠人皆叹息

注：五彩滩，号称天下第一滩，位于新疆布尔津县城以北约 24 公里处，额尔齐斯河流域，是国家 AAAA 级景区。由于长期受风蚀水蚀以及淋溶等自然作用的影响，岩石含有矿物质的不同，幻化出种种异彩，因此得名“五彩滩”。

天下第一钟

天外飞来大神钟
顶天立地第一钟
开天辟地无一声
只缘无槌击神钟

注：神钟山位于新疆富蕴县境内额尔齐斯河上游约 40 公里处。

金秋白桦林

金叶枝头随风媚　棵棵白桦似美眉
遍地彩叶地毯飞　尽展风骚惹人醉

注：白桦林坐落在新疆额尔齐斯大峡谷中一片平地上，面积 1.5 万平方米。金秋时节，成片的白桦树叶在阳光的照耀下金黄一片，让人沉醉。该诗发表于清风世界文学签约作家刘春泉诗专辑 2，2020 年 4 月 16 日。

高昌遗址

残垣断壁高昌城　威震西域千余年
当年繁盛依可见　冷月残星沙做伴

注：高昌古城位于今日的新疆吐鲁番地区，是古代西域留存至今最大的古城遗址。

三间房

不破楼兰终不还　屹立大漠千余年
消失徒剩三间房　唯留芦苇红柳妆

注：楼兰遗址位于新疆巴音郭楞蒙古自治州若羌县罗布泊沿岸，楼兰城中最显眼的建筑区遗迹是城中部的“三间房”。这三间房的墙壁是城中唯一使用土坯垒砌而成的，坐北朝南，直接对着南城门。三间房，只剩四座高大的土坯墙和地上盖房用的芦苇或细红柳枝，一千多年过去了，它们依旧完整地保存下来。

落日北疆

大漠戈壁落日头　骆驼牛马牧羊归
莽莽草原炊烟悠　雄鹰展翅天上游

雪域之西——西藏

流泪的少女——尼洋河

尼洋河
美丽的少女
纯洁善良痴情
人见人爱的少女

为了见你的心上人
离开高高的山
越沟坎穿山谷
经林地过草原
欢歌洒满一路
笑语回荡山间
那么清澈
那么柔蓝
那么洁白
那么娇倩

美丽的少女
遇到了痴恋的小伙子
中流砥柱傲然屹立
不让过去
美丽的尼洋河
不能背叛自己的心上人
激起滔天浪花
冲开巨石
头也不回
向自己的心上人奔去
巨石发出阵阵哀号
对你的爱永远抹不去

美丽的少女
见到了自己的心上人
没想到
自己的心上人
却和别的女孩在一起
这怎么可能
你说
一辈子只有我
你说
今生只爱我
你说
你的眼睛只看到我
你说
喜马拉雅山崩溃不忘我
你说
雅鲁藏布江干枯不弃我
你说
你永远都属于我
可怜的少女
不相信
不相信这么爱她的人
竟然会背叛自己心爱的人

春天的尼洋少女
穿着绿色的藏袍
躺在心爱人的怀抱
安静含羞滴滴娇

夏天的尼洋少女
穿着五颜六色的藏袍
与心爱的人骑马在草原
野性快乐颠颠跑

秋天的尼洋少女
穿着金黄色的藏袍
与心爱的人在山野
弹琴唱歌齐舞蹈

冬天的尼洋少女
穿着白色的藏袍
与心爱的人相会在毡包
糌粑奶茶牛肉包

夜阑人静处
真的好难眠
爱过你的心
依然那么不安
牵过你的手
依然那么抖颤
你那深深的吻
依然那么缠绵
你那羊毛围巾
依然那么温暖
你的一个眼神
你的一句问安
你的一个动作
深深地烙在我的心间
最难忘
是你许下的诺言

岁月无痕
眼波流转
往事随风
旧日如烟
爱你爱得好苦
爱你爱得好怜
爱你爱得好累
爱你爱得好难
曾经的恩恩爱爱
曾经的缠缠绵绵
如今的悲悲切切
如今的凄凄惨惨
被伤害的少女
穿心万箭
喊得山崩地裂
哭得雪飞满天
醉过方知酒多烈
爱过方知情多憨

尼洋河
少女的泪河
流泪的尼洋河
苦命的尼洋河
泪水哗哗地流
流啊流啊流
流成了今天美丽的尼洋河
流成了今天晶莹的尼洋河

2017 年 8 月上旬于林芝

注：尼洋河发源于中国西藏自治区米拉山西侧的错木梁拉，由西向东流，在林芝县的则们附近汇入雅鲁藏布江。

尼洋河在传说中是尼洋姑娘流出的悲伤的眼泪。相传，很久以前工布有个善良美丽的姑娘叫尼洋，一次偶然的机会，她与小伙念青唐古拉山相识，在那次见面后，两人没过多久就恋爱了，一直相爱了两年。由于女方尼洋的家境不好，念青唐古拉山的家长极力反对这门亲事。后来有一天，尼洋去念青唐古拉山家去找他，她看到了一幕让她崩溃的场景：念青唐古拉山竟然和另外一个姑娘在一起！尼洋心碎欲绝，哭着跑回了家。从此以后，每当深夜来临，心无所依的尼洋只能默默地流泪，她的泪水汇集成了最美的河流——尼洋河。

诗中中流砥柱是尼洋河中的一块巨石，传说它是工尊德姆女神修炼时的座椅。

纳木错女神

纳木错
美丽的女神
白雪比不上你的纯洁
月亮比不上你的冰清
维纳斯比不上你的柔媚
轻风比不上你的宁静
西湖比不上你的秀气
西王母比不上你的神圣
你是藏族人民心中的圣湖
你是我心中的女神

纳木错
美丽的女神
美得让西施难以忘怀
美得让昭君几经窒息
美得让貂蝉惊心动魄
美得让玉环心生醋意
美得让飞燕呆呆无语
美得让甄妃花容尽失
美得让张嫣流连忘返
美得让香妃不离不弃
你是藏族人民心中的圣湖
你是我心中的女神

纳木错
美丽的女神
第一眼看到你
我的心在剧烈地骚动
蓝蓝的连衣裙
穿在你丰满颀长的身上
微微的清风
掀起一阵阵涟漪

衬托出你那修长的身材
露出娇艳俏丽的面容
你是那么清澈
清澈得让人不敢去触摸
生怕
生怕玷污了纯洁的你
你是那么安详
安详得让人不敢去呼吸
生怕
生怕惊醒睡梦中的你
你是那么姣好
姣好得让人不敢去欣赏
生怕
生怕低眉垂目的你
那种温柔
那种美颜
那种妩媚
那种气质
煽动着我的心
热血在胸膛沸腾
不
我要呐喊
我爱你
纳木错
不
我要呐喊
我爱你
美丽的女神
不
我要呐喊
我爱你
美丽的纳木错

我愿化作念青唐古拉山
我愿化作蓝天白云
我愿化作一草一木
我愿化作一沙一石
默默地守候着你
脉脉地望着你
一年一年又一年
一世一世又一世

2017 年 8 月 1 日于西藏拉萨

注：纳木错位于西藏自治区中部，是西藏第二大湖泊，西藏的“三大圣湖”之一。纳木错是古象雄佛法雍仲本教的第一神湖，为著名的佛教圣地之一。纳木错为藏语，蒙古语名称为“腾格里海”，都是“天湖”之意。纳木错也是中国第二大的咸水湖，湖面海拔 4718 米，形状近似长方形，东西长 70 多千米，南北宽 30 多千米，面积 1920 多平方千米。

最美的卡若拉冰川

一

雪
越下越大
雪
越下越急
一片片的雪花
你挤我我挤你
紧紧地挨在一起
一片片的雪花
你压我我压你
压得比钢铁还硬
像一个大棉被压住我的身体
一米
十米
几十米
一百米
硬啊
硬得炸药才炸掉一小块
压得我直不起腰
压得我喘不过气
压得我看不到外面的世界
压得我头都抬不起

二

想当年
我也是花儿一样妍
春天莺歌燕舞
夏天百花盛开
秋天硕果累累
冬天也是鲜花灿烂
后来我长高了
长高了
太高了
高处不胜寒
花儿没有了
鸟不来了
连草也离我而去
光秃秃的
一点绿色也没有了
雪来了
冰雪成为我的唯一伙伴
一年
一百年
一千年
一万年
一千万年
一亿年
几十亿年

三

我是最美的冰上公园
有你喜欢的冰川奇景
你看
一望无际的冰川
白茫茫

没有一丝杂色
冰山绵绵
恰似一朵朵盛开的白牡丹
千姿百态的冰塔林
冰塔林上还有精雕细琢的波浪纹
鲁班见了都连连赞叹
冰使劲地往外跑
像狗狗吐出的舌头
很长很长
水在上面慢慢地流淌
又似狗狗流的口水
还有人类没有见过的冰洞
百米深的冰裂缝
一个个冰蘑菇
又大又白又胖
惊天动地的雪崩
激起白浪涛涛
唐卡般的冰瀑布悬挂在雪峰
万丈高的断裂冰舌
发出幽幽的蓝光
冰风呼啸
刺骨寒心
冰川悬陡峭
冰壁刀出鞘
冰峰入云霄
冰谷纵横绕
处处有冰芽
山山有冰针
一节节冰阶梯
一个个城门洞
一对对冰茸
一座座冰桥
是那么的震撼壮观
是那么的惟妙惟肖

四

卡若拉山
一座顶天立地的山
我们虽然看不到你的面容
却看到了你把美带给了人间
你是世界上最高的冰上公园
你是世界上最美的冰山公园

2017 年 8 月上旬于林芝

注：卡若拉冰川位于西藏山南地区浪卡子县和江孜县交界处，距离江孜县城约 71 公里，是西藏三大大陆型冰川之一。海拔 5560 米。

七月可可西里

一

巍巍昆仑山
峭峭唐古拉山
像两头雪豹
静静地卧在两边
山顶上的雪在阳光照耀下
像眼睛一闪一闪
守护着这位美丽的少女
守护着这座美丽的青山

二

极目望去
白云轻吻戈壁滩
天阔阔蓝汪汪
沙千里黄灿灿
地荒荒草稀稀
河流水亮如练
千千湖百百泊
风乍起沙满天
雪漫漫白茫茫
雨蒙蒙路难难
火车从早跑到晚
还是可可西里大草原

三

偶遇十几头凶猛的野牦牛
在凄凉的戈壁游荡觅食
成群结队的藏羚羊奔跑在草原
那是可可西里的精灵和傲气
耳朵又长又尖的野驴群
驻足好奇地凝视你
三五只白唇鹿
出没在林间空地
瞧那目露凶光的棕熊和野狼
让你胆战心惊花容顿失
沙鼠钻出洞来东张西望
显得那么可爱淘气
雄鹰在蓝天盘旋
是那么威风霸气

四

残垣的象雄王国遗址
感慨万千回肠荡气
荒凉恐怖的无人区
茫茫戈壁与天齐
有山有水没有草
红日高照冷无比
百雪圣灯的格拉丹冬冰塔林
阳光下的冰林光流彩溢
神奇的普若岗日冰川
冰川湖泊沙漠共处一室
湖泊与冰川相伴不结冰
沙漠与湖泊为邻草绝迹

五

可可西里
野生动物的后花园
信徒们的圣地
探险家的乐园
摄影家的天堂
旅游者的伊甸园
生命的禁区
独一无二的世界级景观

注：可可西里，藏语意思为“美丽的青山”，蒙古语意为“美丽的少女”。位于喀喇昆仑山以东，青藏公路以西，唐古拉山以北，昆仑山以南。

羊湖

不顾旅途疲劳
不顾呕吐失眠
不顾头重脚轻
不顾胸闷气短
不远万里
风尘仆仆
来到岗巴拉山
就是为了看你一眼

一个美丽的少女静静地躺着
躺在喜马拉雅山群峰的怀抱
犹如沐浴中的少女
似含苞待放的牡丹
清纯水灵
娇艳欲滴
风情万种
仪态万千
招人醉
惹人爱
使人疼
叫人怜
忘却了来自哪里
忘却了将去何方
忘却了时间
忘却了地点
我愿化作一只沙鸥
痴痴依偎在你的身边
我愿化作一只白鹭
默默依偎在你的身边
我愿化作一只天鹅
日日依偎在你的身边
我愿化作一只水鹰
夜夜依偎在你的身边
美得让人心碎
美得让人无言
无论我怎么搜肠刮肚
也写不出你的娇颜

注：羊卓雍措，简称羊湖，藏语意为“碧玉湖”，是西藏三大圣湖之一，是喜马拉雅山北麓最大的内陆湖泊，湖光山色之美，冠绝藏南。据民间传说，羊卓雍湖是天上一位仙女下凡变成的。

玛吉阿米酒吧

美丽的玛吉阿米
你在哪里
你还会回来吗
我在这里一直等着你

美丽的玛吉阿米
自从上次见到你
你就深深地埋在我的心底
我在这里一直等着你

美丽的玛吉阿米
我无时不在想着你
你还会来吗
我在这里一直等着你

美丽的玛吉阿米
我不知道你是谁
我只知道我爱你
我在这里一直等着你

美丽的玛吉阿米
我不知道你来自哪里
也不知道到哪里找你
我在这里一直等着你

美丽的玛吉阿米
一生不会忘记你
月亮般的皎容
我在这里一直等着你

2017 年 7 月 27 日于西藏拉萨
八角街玛吉阿米酒吧

注：八廓街东南角与东孜苏路交会的地方，有一栋涂满黄色颜料的两层小楼，传说这是著名的六世达赖喇嘛仓央嘉措的密宫。他曾在此地写下著名的《在那东方的山顶上》：“在那东方高高的山顶上，升起一轮皎洁的月亮，未嫁娇娘的面容，时时浮现在我的眼前。”“未嫁娇娘”在藏语中便是“玛吉阿米”的意思。当年仓央嘉措与他的“玛吉阿米”相遇的地方，便是今天的“玛吉阿米”酒吧。一个月朗星稀、微风拂面的夜晚，六世达赖喇嘛又来到这里，却在推门而入的时候，邂逅了一位有着月亮般皎容的美丽姑娘。他并不知道姑娘的名字，那次的一

面之缘却令他始终无法忘怀，期待能够与姑娘再次相遇，便常常去酒肆等候，却终究未能如愿，留下了永远的遗憾。

逛一逛八角街

逛一逛千年古街八角街
踏着手工打磨石块铺成的街巷
闻着处处弥漫着的酥油味和藏香
溜溜手工艺品小摊档
瞧瞧店铺那古色古香的小玩意
买上一盒果乐聂阿香
看看路边保留的老式藏房
白的墙红的瓦黑漆的门窗
听听那讨价还价的呐喊声
价位低到直叫娘

在街心的巨型香炉供上一炷香
仰望大昭寺辉煌的金顶
坐在大昭寺前面祈祷诵经
听听那低浑长鸣的法号声
早晚看看朝圣者绕着大昭寺
沿着转经道转经
三步一叩首的朝圣者来到这里
朝拜佛祖
个个都是那么虔诚
在亮晶晶的石板路上
投下了一道道长长短短的身影
留下了一个个像人形一样的洼坑
看着他们那种挚诚的神态
让人震撼钦敬

别忘了到玛吉阿米酒馆喝上一杯酥油茶
重温一见钟情的甜蜜与思念之苦
感受感受手撕羊肉的味道
品一品原汁原味的青稞酒
吃一吃喷喷香的糌粑
喝一喝微苦的拉萨啤酒

去拉萨一定要逛逛八角街
这里的一寺一庙都是故事
逛一逛八角街
才知道逛街有多爽
逛一逛八角街
才知道逛街多有趣
逛一逛八角街
才知道什么是虔诚
逛一逛八角街
才知道什么是意志
逛一逛八角街
才知道什么是自在
逛一逛八角街
超越红尘三千世

天湖

雪域高原有一个湖
她的名字叫纳木错湖
湖连着天
天连着湖
哪里是蓝天
哪里是蓝湖
分不清是湖还是天
分不清是天还是湖
蓝的是天
蓝的是湖
是湖面上天
是蓝天入湖
湖是天
天是湖
天湖交融
人们管她叫天湖

小住林芝希尔顿

背靠喜马拉雅山
面朝雅鲁藏布江
朝看日出红妍妍
晚观日落黄淡淡
江景套房显尊贵
亭台楼阁小江南
春赏桃花黄牡丹
夏沐林海过冰川
秋观浓墨染层林
冬享阳光品雪山
旅游度假好去处
好吃好住好休闲

2017 年 8 月 3 日于西藏林芝希尔顿

羊湖

拉萨有位美姑娘
她的名字叫羊湖
人人都说颜如画
仙女下凡到人间
远远地望着你
近近地看着你
越望越娇媚
越看越爱怜

绕着你转圈圈
转了一圈又一圈
转了一年又一年
祈福保佑吉祥年

多少人想和你倾诉
多少人把你当情人
多少人把你藏心底
多少人把你藏在精神的家园

想你想到一塌糊涂
想你想到稀里哗啦
想你想到天荒地老
想你想到海枯石烂

我站在米拉山口

我站在米拉山口
海拔 5013 米
高吗
也不过如此

脚踏米拉山口
手托蓝天白云
任凭山风狂吹
何惧寒气威逼
哪怕氧气更稀薄
周边的黑熊算老几
神牛坐镇米拉山
五色经幡为我祈

西藏夏日观云

看飞来飞去的云
赏瞬息万变的云
白云黑云互撕扯
碰撞推搡直翻滚

刚才白云占上风
又见黑云往上滚
白云匆匆吃黑云
黑云又把白云吞

黑云来了是雨雪
白云来了是烈日
处处十里不同天
天天一日见四季

西藏的云咋这么漂亮

日升时的云如出阁少女
穿着红焰焰的的连衣裙
金发飘逸夺人目
咋生下这么漂亮的闺女

日晴时的云似新娘
穿着洁白的婚纱
漫步在蓝天
羡煞多少俊男靓女

日落时的云像东方女性
穿着色彩斑斓的旗袍
尽显妖娆雍容
勾起多少男人的征服欲

夜幕下的秀巴千年古堡群

静，静得能听到血在血管的流淌声
瘆，瘆得你身上的根根汗毛直立
残月挂在古堡上
几颗星星眨巴眨巴眼
古堡的阴影直溜溜地躺在地上
满堡的树影随风晃来晃去
几株老树沙沙作响
扑啦啦响个不停的经幡
残垣断壁述说着往日的辉煌
秀巴村山顶巨石上仍留有箭痕
远古的杀掳声悄悄响起
嘶嘶的剥皮声就在耳边
蝙蝠不时从古堡飞进飞出
黑山猪哼哼着蹿出来
一道道石圈墙挡住了你的去路
一人高的玛尼堆突然站在你面前
行走在千年古堡群
倾听那远古的战事
历经千年风雨
依旧毛骨悚然

注：秀巴千年古堡，也叫戎堡，即通常人们所说的烽火台，在西藏工布江达县境内有多处古堡群，而秀巴古堡群是其中规模最大、保存最为完整的一处，相传是1600多年前松赞干布在征战中，为方便军队之间的联络以及屯兵和防御，修筑的具有统治标志的古堡群。

林芝美　美林芝

走在林芝的大地上
印度洋的暖风轻轻地吹
山顶上的白雪亮闪闪
蓝蓝的天上彩云飞
巨柏纯林青油油
尼洋河的水啊白清翠
瀑布一群挨一群
草原绿得怎能不叫人醉
牛啊羊啊还有马
自在悠闲那个美

不来林芝不知林芝有多美
来到林芝才知林芝有多美
山美水美瀑布美
树美草美桃花美
不是江南胜似江南
不是翡翠胜似翡翠
千年等一回
千里来相会
林芝美　美林芝
美林芝　林芝美

遥看雅鲁藏布江大峡谷

壁立双峰咬破天
云遮雾罩无人烟
劈山切岭下西洋
一脚踢出大拐弯

无人徒步穿峡谷
四季花卉林木繁
恶浪滔天瀑成群
峡谷之秀甲满天

注：雅鲁藏布江大峡谷两侧，高耸两峰，即南迦巴瓦峰（海拔 7782 米）和加拉白垒峰（海拔 7234 米）。西洋古指印度洋。

夏日西藏印象

有峰就有雪
云雾腰中缠

牛羊在天堂
绿毯铺上天

蓝天飘白云
圣湖陪雪山
频频玛尼堆
处处舞经幡

登南迦巴瓦峰

穿云破雾刺苍穹
雄鹰却步鸟无踪
终年躲在云雾中
游人难得见真容

注：南迦巴瓦峰，是中国西藏林芝地区最高的山，海拔7782米，为西藏最古老的佛教“雍仲本教”的圣地，有“西藏众山之父”之称。《中国国家地理》杂志把南迦巴瓦峰评为中国最美的山峰第一名。

云中天堂
——飞机俯瞰南迦巴瓦峰

俯瞰南峰露尖尖
众神聚会燃桑烟
唯有旗云立云海
云中天堂誉满天

注：南迦巴瓦峰充满了神奇的传说，因为其主峰高耸入云，当地相传天上的众神时常降临其上聚会和煨桑，那高空风造成的旗云就是天神们燃起的桑烟。

林芝石锅鸡

墨脱石锅藏香鸡
天麻蘑菇手掌参
慢火炖制林芝水
淡淡清香肉鲜嫩

索松村

云雾锁山村
静闻江水声
叹赏巴瓦峰
桃花伴佳人

注：索松村是西藏林芝市的一个山村，坐落在几百米高的山崖上，崖下便是滔滔不绝的雅鲁藏布江，与雅鲁藏布大峡谷景区隔江相望。村子的对面就是被誉为“中国最美十大名山”之首的南迦巴瓦，因此索松村也是观赏南迦巴瓦的绝好地点。春天的索松村完全掩映在一簇簇粉色的桃花之中。

尼洋河沙洲

寂寞沙洲落尼洋
绿树荫荫草萋萋
牛羊信步鸟争鸣
天堂山水莫如此

彩云之南——云南

冷美人梅里雪山

梅里雪山
东方的冷美人
立于蓝天之下
身着一尘不染的白衣
是那么清纯高雅
是那么健康清丽
是那么神圣不可冒犯
是那么青春活力
是那么冰清玉洁
是那么富有魅力
是那么飘逸纯洁无瑕
是那么浪漫神秘
你是藏族人民心中最神圣的雪山
他们每天都为你祈祷
他们每年都要来朝拜你
他们相信
生活中所有的一切
一切都是你的赐予
淳朴善良的藏民兄弟姐妹
想着你爱着你
做梦都在梦着你

藏族聚居区八大神山美女
七大美女都被人亲吻过
唯独你
没有被人登顶过
唯独你
没有被人征服过
唯独你
没有被人亲吻过
唯独你
守身如玉
唯独你
冷若冻雨
唯独你
拒绝任何人的染指
多少人都想见见你
多少人都想拥抱你
多少人都想亲吻你
多少人都想征服你
多少人千里迢迢
多少人不远万里
来到你身旁
跪拜你
想吻吻你
想征服你
一次一次
被你婉拒
一次一次
被你冷拒
一次一次
被你“丑拒”
一次一次
遭到你的暴拒

多少人

为你的纯洁献出了生命
多少人
长眠地下与你做伴
多少人
倒在了见你的路上
多少人
目睹了你的冷颜而狂癫
多少人
见到了你至死不忘
多少人
见到了你的美貌而惊叹
多少人
见到了你而津津乐道
多少人
见到了你而为你呐喊
留下了多少可歌可泣的故事
留下了多少悲壮的野传

为什么
为什么
有这么多的人殉情
有这么多的人绝恋

梅里雪山
东方的冷美人
梅里雪山
世界的冷美人
祈祷
每一位来这里的游人
不论你来自何方
不论你是什么人
请你永远尊重她
请你永远爱戴她
请你永远保护她的圣洁
请你永远不要玷污她

注：梅里雪山在藏族聚居区称“卡瓦格博雪山”，当地的藏族人为它命名，赋予它神性，又与它世世代代保持着血肉联系。“梅里”一词为德钦藏语“mainri”汉译，意思是“药山”，因盛产各种名贵药材而得名。位于云南省迪庆藏族自治州德钦县西边约 20 千米的横断山脉中段怒江与澜沧江之间，平均海拔在 6000 米以上，称为“太子十三峰”，主峰海拔高达 6740 米，是云南的第一高峰。海拔 6740 米的主峰至今仍是人类未能征服的“处女峰”，也是唯一一座因文化保护而禁止攀登的高峰。

该诗 2017 年 6 月荣获第四届中外诗歌散文邀请赛一等奖；被《2017 年中外诗歌散文精品集》收录，中国文化出版社 2017 年 10 月出版。

万木之王——望天树

西双版纳有一种树
叫望天树
七八十米高的身躯
光滑滑直溜溜
笔管条直
刺九霄
破青天
敢教天公把头低

一颗种子
轻轻地落入土壤
轻轻地
轻轻地
轻轻地
发芽了
钻出了土岗
外面的世界真好
含羞草
黄姜花
槟榔
犀鸟
孔雀
大象
蓝天
白云
阳光
我要长
我要长
我要长

风来了
吹得我直不起来
东倒西歪
叶子一片片落下来
不不不
我要挺起来
不不不
我要挺起来
不不不
我要挺起来

暴雨来了
从头浇下来
浇得我睁不开眼
好冷啊
树枝掉了
叶子落了
我要倒下了
不不不
我要站起来
不不不
我要站起来
不不不
我要站起来

野猪来了

踩着我
长臂猿来了
拽着我
兀鹫来了
叼着我
野牛来了
啃着我
列强来了
都想欺负我
不不不
我要硬起来
不不不
我要硬起来
不不不
我要硬起来

烈日来了
烤得我
头低下了
叶蔫了
树干了
我要水
我要水
我要水
我尽力往地里钻
一米
两米
三米
我要长
我要长
我要长

野火来了
身上烤煳了
冒着烟
叶子没了
光秃秃的
难道
难道就这样去死
不不不
我要活下去
不不不
我要活下去
不不不
我要活下去

狂风吹不死
暴雨浇不死
酷暑旱不死
烈日烤不死
践踏踏不死
野火烧不死
围攻困不死
从来不惧死

长啊
长啊
长啊
一米
十米
二十米
三十米

五十米
八十米
根有多深
树有多高
根有多壮
树有多粗
根有多密
叶有多密
长大了
长大了
长大了

望天树
擎天巨树
万木之王
冷眼看世界
谁与争雄
俯瞰天下
唯我中华
待到 2049 年
大梦已成真

2016 年 3 月 29 日

注：望天树：中国著名的云南西双版纳热带密林中，在 20 世纪 70 年代发现了一种擎天巨树，它那秀美的姿态，高耸挺拔的树干，昂首挺立于万木之上，使人无法仰望见它的树顶，甚至灵敏的测高器在这里也无济于事。因此，人们称它为“望天树”。当地傣族人民称它为“伞树”。望天树一般可高达 60 米左右。人们曾对一棵进行测量和分析，发现望天树生长相当快，一棵 70 年树龄的望天树，竟高达 50 多米；个别的甚至高达 80 米，胸径一般在 130 厘米左右，最大可到 300 厘米。

西双版纳热带植物园印象

奇花异木万种园
古今中外一聚园
鸟语花香溢满园
异域风情尽在园

板根大王四数木
独树成林大奇观
闻声而动跳舞草
欲吻蓝天望天树

空中花园兰花香
吃酸变甜神秘果
老茎生花菠萝蜜
见血封喉箭毒木

雌雄异株铁树王
天然雨伞象耳芋
一日三变变色花
美不胜收好去处

独树成林

谁说独树不成林
都说独树不成林
什么事都有可能发生
一切皆有可能
西双版纳的独树就成林
到西双版纳没有不赏独树成林

一

这种树
顶天立地
从腰部生出几十枝根
顺树而下
相互拥抱
你中有我
我中有你
水乳交融
扎根大地
张开两只长长的手臂
手臂长出几十枝根
一根挨着一根
排成一排
吊在树上
越长越长
直溜溜地入地
恰似那一排排
穿着绿色旗袍的迎宾小姐
又似一片树林
一道篱笆
一道绿色的障屏
美妙 壮观
自然 神奇

二

这种树
不挑食
不怕旱
不怕涝
不怕热
不怕湿
什么雨林中
什么土壤
什么沟谷
什么道旁
什么寨边
什么山梁上
给她一捧土
她就能生长

三

这种树
不论生长于何处
只要有干有枝
就会长出根来
你看那
初长的根如麻如丝
在空中
飘飘荡荡荡荡飘
曲曲卷卷卷卷曲
宛若长长落叶的柳枝
宛若一道长长的帘幕
宛若一道长长的树帘
宛若一道长长的树瀑

四

好大的树啊
树生树
根连根
像树干
像树根
几十人也合抱不了
你看那
主干上布满了根
如崇山峻岭
如深谷幽洞
如千沟万壑
如长廊
波澜壮阔
气势雄伟
你看那
巨大的树冠
浓荫四布
遮天蔽日
像一把巨伞伸向苍穹
誓把蓝天白云吞没

五

这些根
目标只有一个
扎入大地
团结一心
劲往一起使
克服困难
如一根根巨钻
把头深深地扎进泥土之中
把一棵树变成了一片树林
成就了今日的独树成林
靠什么
靠的是相互扶持的精神
靠的是梦想成真的魄力
靠的是坚韧不拔的品格
靠的是永不放弃的勇气

注：独木成林位于云南省级口岸打洛镇的开发区内，距镇政府4公里，距中缅边境的219、218界桩仅1公里左右，出境到缅甸第四特区勐拉也只有3公里多。因此，独木成林的奇特景观顺理成章地成为游客必到之地，成为打洛镇最红火的旅游景点之一。

玉龙雪山情

美丽的玉龙雪山
第一次看到你
我的呼吸啊怎么这么急迫
我的心啊在剧烈地跳动
我的嘴啊激动得不知说什么
我的眼啊怎么这么不够用
想不到啊 想不到
在这深山老林
在这人烟罕至的地方
却有 却有
如此动人的美景

白白的雪
盖着你黑黑的头发
我使劲地想看清你的脸
薄薄的云雾始终挡着我的眼睛
我使劲地想看清你的身体
白云围着你久久不肯离
我眼巴巴地望着你
千里迢迢来到你的面前
就是想看看美丽的你

太阳出来了
阳光披在你的身上
白白的帽子晶莹耀眼
轻纱慢慢地掀开
看见了 看见了
美丽的脸
那高雅
那端庄
那纯洁
那个拽
一步三回眸
白云悄悄地散去
看见了 看见了
优美的身姿
大自然的尤物
绰约多姿
丰韵娉婷
那个嫣
醉人心人见人爱
看见了 看见了
那气质
似剪雪裁冰的梅花
似孤芳自赏的兰花
似清雅淡泊的玉竹
似凌霜飘逸的菊花
那个傲
苍穹皆在我脚下

妩媚的玉龙雪山
怎能叫人不爱你
神秘的玉龙雪山
怎能叫人不拜你

美丽的骚多利

在那遥远的西南边陲
有一位美丽的骚多利
她的名字叫西双版纳
仙女下凡动人妩媚

一棵棵槟榔树
一棵棵椰子树
站在路的两旁
恰似你身上的裙衣

一串串槟榔
一串串椰子
挂在树顶上
恰似你头上的发髻

大象讨好着游人
只为吃那几串串香蕉
百余只孔雀竞相开屏高飞
难为了美丽的小越鸟

数不清的热带水果
看不够的雨林植物
一盆又一盆的泼水情
一曲又一曲的竹竿舞

远征军的墓碑屹立在山顶
是那么静悄悄
赤脚上刀山舌尖舔烙铁
只为博得游人笑

做一次热忱忱的傣家客
吃一顿香喷喷的傣家菜
喝一杯黄澄澄的傣家茶
买一条白花花的银腰带

傣家姑娘
西双版纳最美的风景
美丽的骚多利
西双版纳最美的风景

西双版纳
你的美令我遐想
你的淳朴令我起敬
你的异国风情令我神往

红艺人

舞台上的红艺人
光彩耀目
身材高挑
清眉秀目
回眸之间
似水情柔
青丝般的披肩发
又亮又长又乌
蓝宝石耳环一摇一摆
水晶石项链一起一伏
华丽的衣裙
缠绕着轻盈的莲步
唱着夜来香
跳着交际舞
吟着君再来
哼着小夜曲
燕子似的轻盈
孔雀般的美丽
花容月貌倾国城
劲歌辣舞惹人醉
她们比嫩模还嫩模
她们比美女还美女
美女看了生怨恨
靓女看了皆无语

红艺人
这是一群
生活在社会底层的人群
这是一群
拼命挣扎的人群
这是一群
生活辛酸的人群
这是一群
受人歧视的人群
这是一群
弱势的弱势人群
这是一群
身心严重受到摧残的人群
这是一群
无奈不情愿的人群
这是一群
极度悲惨的人群
这是一群
生命短暂凄凉的人群

红艺人
这是一群
展示自己才华的人群
这是一群
有自己尊严的人群
这是一群
有自己梦想的人群
这是一群
改变自己命运的人群
这是一群
不屈不挠的人群

这是一群
让世界充满快乐的人群
这是一群
把歌声带给世界的人群
这是一群
把美留给世界的人群
让世界充满爱
红艺人也是人
尊重红艺人
理解红艺人
宽容红艺人
关爱红艺人

注：1. 红艺人从印度的“阉人”演变而来，在泰国兴起，全世界只有华人称之为“人妖”（不礼貌的称呼），泰国叫“红艺人”，西方人叫他们“Lady boy”，翻译过来就是美男女，双面佳人。

2. 2015 年 7 月 28 日，我与妻子在西双版纳泰国街勐泐大剧院观看了泰国红艺人表演。那种久久挥之不去、难以名状的凄美与酸楚一直狠狠地撞击着我的心，只因在她们光彩照人的背后，却是那些不为人知的无奈和心酸。至今已过半年了，我的心还是那么地五味杂陈，不是滋味。如果再让我看，一定不会去看，尽管太美了。故写下这首诗，红艺人也是人，让我们尊重她们，理解她们，宽容她们。

人间瑶池普达措

盛夏七月
来到普达措国家公园观光
沿着弯弯曲曲的观景栈道
欣赏途中的绝美风光

游游硕都湖
转转弥里塘
看看碧塔海
步步是欢畅

遮天蔽日的森林
绿绒绒的青草
白云缠绕着青山
山上夺目的白雪
清凌凌的湖水
金花四射的阳光
湖边盛开着鲜花
浓妆淡抹
一片片蓝色
一片片红色
一片片黄色
一片片白色

淘气的小松鼠
翘着毛茸茸的大尾巴
不时跑过来向游人讨瓜子
难得这么逗人
绿油油的树冠
挂满了白花花的松萝
不是圣诞节
却似那一个个圣诞老人
牦牛在慢悠悠地吃草
马儿在眼前摇着尾巴
羊儿在草丛中咩咩叫
黑猪呼呼地睡在草丛中
吃的是冬虫夏草
喝的是矿泉水
拉的是六味地黄丸
那肉一定馋死人
远处牧棚里冒起的炊烟
悠悠然然飘向天空
看看那放牧人
戴着土黄色的毡帽
骑着大红马
挥着长长的鞭
那神气
真让人羡慕
好想当一回放牧人

湖很绿很绿
似无瑕的翡翠
晶莹剔透
绿得让人发痴
湖很清很清
湖底的沙石粒粒在目
重唇鱼在水草间穿来穿去
清得真想喝几杯
湖很静很静
倒映着远处的青山松柏
蓝天白云移步在湖中
鸟儿都会看错
落在湖里的树枝上
湖中的小岛
宛如一块块绿宝石
镶嵌在青山绿水中
美啊美
美得让人醉

好鲜的空气
贪婪地呼吸着
呼吸着
高原特有的
从来没有过的
这么清新的空气
生怕比别人少一口
生怕比别人吃亏
那个样
那个贪
那个透心喜

感谢上苍
绘就了这么好的画
没有喧嚣
没有时间
没有急匆匆的脚步

没有污染
有的只是满眼的绿色
有的只是静心享受
有的只是沁人心脾的空气
有的只是游人的笑脸
有的只是大自然的神奇
有的只是成人的童话世界
有的只是动植物的天堂
有的只是蓝天白云的休闲

美丽的普达措
真的很美
很美
美得不知怎么说
怎不让人醉
怎不让人恋
上有瑶池
下有普达措
亲爱的朋友们
去看看吧
看看
美丽的普达措

注：普达措国家公园是中国政府确立的第一个国家公园，国家5A级旅游风景区，位于云南省迪庆藏族自治州香格里拉市境内。普达措，藏语中的意思是普度众生、到达苦海彼岸的湖。顾名思义，这是一个神圣而美丽的地方，的确很美。普达措一共三个观景区：属都湖、弥里塘牧场、碧塔海，即“两湖一牧场”。

不走四方街不算到丽江

踏着当年马锅头的马蹄印
漫步在五花石铺就的小巷
听着纳西古乐
寻味着民族的纯朴遗风
夜晚的四方街
喧嚣闹腾
歌声笑声鼓掌声
南腔北调的买卖声
转转不夜的古城
跳跳锅庄舞
四通八达的小巷
满是不同语言的游人

数不清的咖啡馆酒吧餐馆
大红灯笼高高挂
蓝鸟咖啡屋
云南的小粒咖啡香满天
在文治巷的小酒吧
喝一杯爽口的丽江雪啤
在四方街家常菜馆
吃一碗正宗的过桥米线
买一件镶有东巴文字的围巾

品一品红彤彤的普洱茶
在小溪里放一盏许愿灯
与四方的驴友海撇胡侃

桥下的流水
诉说着曾经的江南风光
墙上的东巴文字
穿越远古文化的活化石

一座座小桥
都有一个美丽的传说
一间间小屋
都有一段奇闻逸事
一条条小巷
都有一个动人的典故
一个小小的四方街
流传着数不清的故事

注：四方街，位于云南丽江古城中心，交通四通八达，周围小巷通幽，据说是明代木氏土司按其印玺形状而建。

人间天梯——元阳梯田

山山坡坡有梯田
梯上月宫嫦娥抖
山有多高梯多高
坡有多陡梯多陡

山山梯田坡坡海
夕阳西下满坡流
赤橙黄绿青蓝紫
哈尼儿女神雕手

云海茫茫雾蒙蒙
云想稻花雾恋山
山寨隐现似沉浮
层层梯田又不见

长蛇舞阵谷飘香
波涛滚滚无浪声
白龙下山瀑布挂
万马奔腾无嘶鸣

注：元阳梯田位于云南省元阳县的哀牢山南部，是哈尼族人世世代代留下的杰作。元阳哈尼族开垦的梯田随山势地形变化，因地制宜，坡缓地大则开垦大田，坡陡地小则开垦小田，甚至沟边坎下石隙也开田，因而梯田大者有数亩，小者仅有簸箕大，往往一坡就有成千上万亩。14 世纪，这种把崎岖山地开垦成良田的技术传遍了中国和东南亚，哈尼人更把哀牢山这一带的山区变成了一幅幅“艺术品”。于是明朝皇帝给哈尼族人赐名“山岳神雕手”，这一美名便世代相传下来。2013 年 6 月 22 日在第 37 届世界遗产大会上哈尼梯田被成功列入世界遗产名录，

成为我国第 45 处世界遗产。

该诗荣获 2016 年第七届“羲之杯”全国诗书画家邀请赛一等奖 。收录《羲之杯——全国诗书画家精品集》（第七卷）。

小香格里拉——雨崩村

行路难

没有车没有路
猴子走了也要哭
骑着如柴的骡
骡上的环手紧扣
沿着万丈的悬崖边
走一步挪三步
人想走骡不走
风景美无暇顾
心都不知道去哪儿了
一路艰辛一路尘土
来到雨崩村
堪比蜀道苦

雨崩村

梅里雪山的脚下
一个美丽的小山村
她的名字叫雨崩
陶渊明笔下的世外桃源
上雨崩
下雨崩
阳光白云蓝天
轻雾细雨雪山
红花青草绿树
木屋神堆经幡
牦牛山羊骡马
崩河山坳炊烟
小道牛粪袭人
山风白塔农田
无信号无网络
无热水无通电
姑娘唱小伙对
牦肉香游人馋

数星看云赏月
心静快乐安闲
徒步者的天堂
世外人的乐园

注：雨崩村位于云南梅里雪山东麓德钦县云岭乡境内，四面群山簇拥，地理环境独特，景色优美，民风淳朴，真乃世外桃源。

该诗荣获 2016 年第七届“羲之杯”全国诗书画家邀请赛一等奖。收录《羲之杯——全国诗书画家精品集》（第七卷）。

移步石林

望不尽的石海
数不过的奇石
看不够的石峰
转不完的柱石
观不止的石景
瞅不烦的石壁
放飞你想象的翅膀
尽情地去遐思

瞧瞧那双鸟渡食
像不像一对热吻的恋人
仰目象踞石台
它要向哪里奔
翘望凤凰梳翅
感叹大自然的鬼斧神工
打量犀牛望月
它是不是想上月宫
唏嘘阿诗玛
阿黑哥什么时候来啊
惊见唐僧师徒四石
不见了小白马

穿过千钧一发
是不是过惊心门
走进且住为佳的崖洞
是不是游客小歇纳凉的好去处
拜谒大慈大悲的观音石
羡慕俊男靓女聚集在观音湖
欣赏一下青牛戏水的童趣
享受一次石林桃花源的独处

登上望峰亭
俯瞰皆石头
奇石在石林
石林有奇石
石头石头各不同
石头石头个个景
石头石头有传说

石头石头有灵气
石头石头小石林
石头石头大石林
石林石林第一石
石林石林天下奇

美丽的西双版纳
——我在这里已长大

美丽的西双版纳
我在这里已长大
有了自己的家
嫁给了一位美丽的骚多利
很骚很骚
生了一个赚钱货
很骚很骚
有了自己的事业
生活得很好很好
爸爸啊 我不是你的累赘
妈妈啊 我是你的小棉袄

美丽的西双版纳
我在这里已长大
有了自己的家
娶了一位疼我的猫哆哩
很高很高
生了一个小赔钱货
很俏很俏
有了自己的工作
生活得很好很好
爸爸啊 我不是你的累赘
妈妈啊 我是你的小棉袄

注：2015 年 7 月下旬，我和妻子到西双版纳旅游，参观了一个傣族村落，到一个傣族家拜访。女主人小玉是一位身材苗条的傣家女，穿着傣族的筒裙套装（即：花腰傣服饰），腰间系一条白银腰带，非常漂亮，模样清秀的骚多利（云南西双版纳傣族人管女孩子叫“骚多利”，骚是漂亮的意思）。她让我们在一排排的小凳上坐下，款款地讲述傣族的民情风俗以及她家的情况，普通话非常标准，高中生。小玉的父亲是个汉人。小玉的丈夫是位上海知青留下来的后代，是当地的一位人民警察，还是一位所长。在傣族泼水节时俩人相识，后来结婚，生了一个男孩。小玉骄傲地说，结婚五年了，从来没有打过自己的猫哆哩。看得出是非常幸福的一个小家庭。小玉说自己还有一位妹妹，很想找一位汉族小伙子。小玉说话的那种满足、自豪、幸福、甜蜜的神情给我留下了深刻的印象。想起了 20 年前的《孽债》电视剧的主题歌，感慨颇多，写下了这首诗。

洱海 美丽的少女

洱海
美丽的少女
静静地依偎在苍山和坝子的胸怀
微风轻轻地抚摸着你那长长的披肩发
泛起一阵阵的漪澜
沉鱼西施也自惭形秽
烟波浩渺轻纱缭绕
难遮你那惊鸿艳影的七彩身材
落雁昭君也不再弹出塞

十五月圆夜
月落海海中月嫦娥来沐浴
闭月貂蝉也赶来参拜
倒映在洱海中的苍山雪
把美丽的你打扮得更加楚楚动人
羞花玉环也忘了荔枝来
洱海
美丽的少女
谁不想目睹你的千娇百媚

注："沉鱼、落雁、闭月、羞花"是由精彩故事组成的历史典故。"沉鱼"，讲的是西施浣纱的故事；"落雁"，指的就是昭君出塞的故事；"闭月"，是说貂蝉拜月的故事；"羞花"，谈的是杨玉环醉酒观花时的故事。

双廊小栖

划划小舟钓钓小鱼儿
听听风声听听击水声听听鸟鸣声

喝点小酒吃碟小虾嚼嚼乳扇
双廊乳扇天下无

品品白族三道茶
一苦二甜三回味

住住海景房看看海
坐坐藤摇椅摇摇芭蕉扇

闭闭目养养神静静心发发呆
晒晒太阳看看月亮数数星星

青砖白墙淡墨画
度假休闲好去处

不是神仙胜似神仙
不是仙境胜似仙境

来双廊吧
享受一次惬意人生

金沙江第一湾（月亮湾）

三河齐聚金沙江
一江画出滇和川
一个急转弯
转出一个月亮湾

天上有个月亮
地下有个月亮湾
月亮跳进月亮湾
月亮湾里月亮转

注：金沙江第一湾也叫作月亮湾，位于云南德钦县奔子栏镇和四川得荣县子庚乡交界处，以“雄、奇、险、峻”著称，是中国四十大景观之一。

七月甘海子

一

七月海子花中花
满山遍野都是花
粉花紫花蓝花花
眼里心里都是花

二

牧民骑马策牛羊
青草冷杉云南松
遥看雪山十三峰
切云入天飞玉龙

注：甘海子是云南玉龙山东麓的一个开阔的草甸，是个天然的大牧场，是仰视玉龙雪山全貌最近、最佳的地方。

过虎跳峡

江水怒劈二雪山
穿山削岩天地动
仰望蓝天一条线
俯瞰涧底一条龙

老虎跳石卧江中
水石相斗耳欲聋
巨石落下半日闻
老虎长啸越长空

注：虎跳峡位于云南省香格里拉东南部，是世界上落差最大的峡谷之一，夹在玉龙雪山和哈巴雪山两大名山中间。据说很久以前有猛虎借江心中一块巨大的礁石跃江而过，从此得名虎跳峡，那块礁石被称作虎跳石。二雪山指玉龙雪山和哈巴雪山。

过千钧一发

双手紧紧地按住胸膛
两眼直勾勾地望着摇摇欲坠的巨石
胆战心惊地加快挪动脚步
大气不敢出地蹿过惊心门
其实
那块大石头已经呆了几百万年了
根本掉不下来

注：惊心门——“石林胜景”是石林风景区的代表性景点，也是进入石林迷境的必经之处。“石林胜景”的背后是令人惊心动魄的景点，两列高耸入云的石峰构成一道天然石门，顶上夹悬一块巨石摇摇欲坠，令游客不得不加快脚步，穿过这危险之门。当地人用“千钧一发”形容。笔者以为用“惊心门” 一词形容更贴切。

傣家寨

绿树花荫掩竹楼
芒果香柚挂枝头
佛塔傣寺幽香来
孔雀大象小径幽

四方街

小小四方街
引来四方人
经营四方货
无墙四方城

夜宿核桃园

半崖小村核桃园
夜宿山民石板间
江风阵阵伴鼾声
狂涛冲击似航船

注：核桃园，中虎跳和下虎跳之间的一个小村。过金沙江上山，沿中甸一侧的盘山小路攀缘而上，在陡峭的山坡上有一小村，名为“核桃园”。居民多以石板盖屋。

绝美普达措

春赏杜鹃醉鱼熊捞鱼
夏看百花齐放艳草丛
秋览浓墨重彩染层林
冬阅雪花飞舞戏雾凇

注：普达措国家公园，位于滇西北“三江并流”世界自然遗产中心地带，是香格里拉旅游的主要景点之一。

岚霭普陀

海中一小岛
袖珍似盆景
薄霭锁普陀
虚无缥缈中

2015 年 7 月 22 日于洱海小普陀

天府之国——四川

看九寨 天下无水

一

女人是水做的
仙女更是仙水做的
九寨是仙女的范儿
更是圣水做的

二

你瞧她
散发着浓浓的少女神韵
不论是靓仔
还是丽人
不论是男人
还是女人
不论是小孩
还是老人
不论是中国人
还是外国人
看了之后
都离不开她的视线
都会赞不绝口
都会为她大大点赞
无论是气质
还是韶颜
无论是身材
还是妆扮
美得自信
美得耀眼
用尽溢美之词
难尽言
真的是
俘获你的情感
赢取你的芳心
占据你的心田
华夏第一美女
世界顶级名媛
她都当之无愧
名不虚传

三

仙人的魔镜被打破了
碎片撒了一地
化成一百零八个瑶池
成就了今天的样子
在阳光的照耀下
闪烁着不同的颜姿
几十万个春秋过去
依然妖娆艳逸
人们心中的白月光
十足的冻龄神女
一步一画
一画一诗

鱼在云中游
鸟在水中驰
水在树间流
树在水中立
花开水中央
落花积水底
蓝天白云雪山于一水
水在蓝天白云雪山顶飘逸
一幅奇画
人间绝迹
落日夕照
千万朵火花水中竞艺
色彩绚烂
斑驳陆离
美轮美奂
千颜万色缀大地
是天上
还是人间
是人间
还是天上
是梦里
还是现实
是现实
还是梦里
是幻影
还是真像
是真像
还是幻影
早已无法分辨
也难以清厘
仙女静而清
清而见底
仙女独具特色
或恬静雅致
或高贵酷美
或霸气凌厉
或温婉大方
或庄严神秘
瀑布似天女散花
珠珍粒粒
美得没的说
美得无与伦比
阅尽人间仙境
感悟自然神奇

四

九寨水
天下第一水
看九寨
天下无水

都江堰之歌

一

华夏大地上
有一位老人
度过了 2300 多个春秋
至今腰板硬朗
越活越年轻
不亚于一个年轻小伙
容光焕发
骨健筋强

二

你瞧
老人走起路来
恰似奔跑
后浪超前浪
你听
老人的声音
哗哗有力
几里外都能听得响

三

2300 多年来
老人
无数次与洪流抗争
变得越来越刚强
老人
历尽劫难
含辛茹苦
饱经雨雪风霜
洪流
一次次来袭
一次次让老人难堪
一次次让老人受伤
洪流
一次次滚滚而下
一次次势不可挡
一次次横冲直撞
洪水暴发
特大洪灾
冲垮堤坝
击毁桥梁
地震也来捣蛋
坝顶沉陷
多雨季节
发疯的岷江
冲出山口
漫堤过岸
肆意横流
茫茫荡荡
平原变湖泊
村庄被吞噬
城市成孤岛
人们向高处逃亡
每一分

都在经历水毁的历练
每一秒
都在经历生死的较量
反反复复
无休无止
没完没了
暴怒无常

四

老人
气喘吁吁
伤痕累累
踉踉跄跄
老人
一次次爬起来
一次次站起来
一次次泪汪汪
从头来
坝塌筑起来
桥断架起来
决口堵上
创分水鱼嘴
造飞沙堰
开宝瓶口
岁修年年忙
吃不尽的苦
道不尽的艰辛
流不尽的汗水
写不尽的孤凉

五

老人
为天府儿女生
为天府儿女活
为天府儿女护航
老人
呵护着天府儿女
陪伴着天府儿女成长
欣赏着天府儿女的韶光
老人
百折不挠
一生昼干夕惕
千年沧桑
老人
再苦再累
再难再险
一人扛
老人
从不抱怨
忍辱含垢负重
一切委屈都往肚里藏
老人
道道皱纹总是挂着微笑
眼里总是透着满满的爱意
脸总是那么慈祥
老人
全世界迄今为止
唯一健在

依然驰骋在疆场
巡天府
百姓安居
千业日日新
万顷沃土稻花香
拜老人
最可敬的老人
最伟大的老人
同寰宇永寿康

游都江堰

秦时都江堰
春秋两千三
岷江桀骜龙
川蜀多水患
长缨伏蛟龙
沧海化桑田
山河数变易
雄风仍不减

过安澜桥二首

一

遥看飞虹落岷江
又似少女撒渔网
移步安澜桥
晃晃摇摇摇摇晃
西望岷江滚滚来
东望灌渠曲曲长
伫立安澜桥
尽赏都江堰新妆

二

飞虹落岷江
少女撒网欢
移步安澜桥
晃摇惊又险
西望岷江来
东望灌渠远
伫立安澜桥
尽赏都江堰

注：都江堰安澜桥是我国著名的五大古桥之一，横跨在内江和外江的分水处，是一座名播中外的古索桥。都江堰工程的概貌及其作用，一目了然。

宽窄巷子印象

清朝的旧房子
清朝的老巷子
古街道
唯有短发换辫子
宽巷子转一转
闲在宽巷子
窄巷子遛个湾儿
慢在窄巷子
不要落了井巷子
泡在井巷子
文化墙前留个影
乐在宽窄巷子
一壶老茶一下午
一场川剧到子时
老成都的生活味
老成都的习气
窄不窄宽不宽
乐不乐喜不喜
全在心境
全在心底

渣滓洞感怀

敌人砍掉烈士的头颅
砍不掉烈士的主义
敌人屠杀烈士
屠杀不了烈士开创的胜事
烈士的鲜血不会白流
烈士的主义已成现实
烈士的胜事发扬光大
人民过上了好日子
邪恶嚣张一时
不可猖狂一世
正义必将战胜邪恶
邪恶终将退出历史

青城山　天下幽

云雾幽幽
峰峦幽
古木幽幽
花草幽
曲径幽幽
亭阁幽

溪谷幽幽
鸟鸣幽
钟声幽幽
香火幽
墨宝幽幽
人亦幽
四季幽幽
处处幽
青城山
天下幽

登青城第一峰

眺岷江赏雪岭
望不尽的川西平原
天抚山云摸地
峰峦簇拥绿翠冠
晨看日出红
夜睹圣灯点点
雨后观云海
冬春赏雪烟
登峰顶
极尽群山颜

注：青城第一峰，是四川青城山主峰老霄顶，或称彭祖峰顶，高台山、宝顶，海拔高 1260 米。

游黄龙

一条巨龙
黄灿灿
爬行丛林
穿梭山谷间
游在水中
静卧密林闲
坡地上翻飞
鳞甲片片
在阳光照耀下
金光闪闪
泻玉流碎金
多彩耀炫
深山怎能困
是龙终飞天

注：黄龙指黄龙风景名胜区。位于四川省阿坝藏族羌族自治州松潘县，是一条长 7.5 公里、宽 1.5 公里的由乳黄色岩石密布的缓坡沟谷，因远远望去好似一条爬行于山谷丛林中的黄龙而得名。

五彩池

黄龙三千池
最美五彩池
黄的似玛瑙
绿的如翡翠
白的像珍珠
紫的比宝石
红的犹琥珀
五彩满溢池
大雪纷飞时
彩池蓝如玉

注：五彩池位于黄龙景区的最高处，海拔 3900 米。

九寨水 天下第一水

看黄山
天下无山
看九寨
天下无水
九寨水
天下第一水
万语千言
竟无言

登峨眉山

峨眉云端笑
三洋五洲小
乱云身边舞
岂怕黑云闹
四峨云霄笑
三山五岳娇
日出分外红
峨眉风光好

峨眉灵猴

峨眉山
有灵猴
到峨眉看灵猴
看猴就看峨眉猴
峨眉猴
见人是朋友
与人亲近
与人同秀

峨眉猴
调皮猴
见游人
吱吱咻
抓耳挠腮
耍滑头
龇牙咧嘴
留下过路酎
抱住游人的腿
抓住游人的手
爬上游人的肩
坐上游人的头
抢包包
夺帽兜
找吃的
不给不让走
给了
放你走
那神情
无愁无羞
逍遥自在
憨态哄逗
时而温顺可爱
时而猴性大抖
千姿百态
任你瞅
与猴嬉戏
其乐无忧

乐山大佛

佛是山
山是佛
腋下有佛
佛中有佛
佛在心中
心中自有佛

背靠凌云山

端坐三江汇合所
头顶蓝天
足踏江波
历经千年磨难
阅尽人间苦乐

看今朝
三江酣歌
大佛换新颜
笑迎天下客

注：乐山大佛所在的乌尤山和凌云山本身就是一尊巨大无比的天然卧佛。远远望去，乌尤山如同佛首，其眉眼清晰可见；凌云山则为佛身，妙处自然分明，其身形神态也十分逼真，堪称是天下一绝。

“人工”而成的乐山大佛正好端坐在“巨型睡佛”的腋部深坳，仿佛印证了古代民间“圣人处于腋下”的传说，因此乐山大佛与乌尤山、凌云山形成了“佛中有佛”的奇观，“山是一尊佛，佛是一座山”形象地描述了乐山大佛与山之间融为一体的关系。

拜谒武侯祠

亮破天
隆中隐
自比管仲乐毅
卧龙待飞天
三顾茅庐
隆中对
三分天下
角战三十年
呕心沥血
辅佐两代主

忠君爱国
铸典范
修身立志
诫子书
死而后已
世代传
千年越过
仍生辉
再过千年
仍灿烂

游杜甫草堂

胸有报国志
难卖帝王家
草堂四春秋
漂泊寄人下

愿庇寒士暖
怎奈无广厦
华章日月辉
诗圣千古霸

娱乐之城——港澳

香港印象

寸土寸钻
人车熙熙
购物天堂
洞天福地
道一个比一个短
道一个比一个细
路一个比一个闹
路一个比一个齐
楼一个比一个高
楼一个比一个挤
人一个比一个富
人一个比一个丽
人一个比一个忙碌
人一个比一个知礼
车一个比一个豪华
车一个比一个迷你
厕所一个比一个洁净
景观一个比一个迷你
住房一个比一个迷你
广场一个比一个迷你

夕阳下的海边

美丽的夕阳
静静地落在海面
一望无际的海岸线
那个红妍妍
一棵棵独具风情的椰子树
仪静体闲
一群群海鸥
在蓝蓝的天空盘旋
一波又一波的海浪
气势汹涌
一会儿冲上沙滩
一会儿退出沙滩
还有几个人在水中漫游
一艘艘船儿驶出视线
妻子在松软的黑沙滩
仰着头
戴着暴龙眼镜
长长的黑发被海风戏玩
晚风习习
海水的气息是那么淡淡的咸
窗子对面是蓝蓝的大海
晚上听着涛声入眠
远离城市的喧嚣
尽享安闲的欢颜

童话世界——香港迪士尼乐园

不论你是小小人
不论你是老小人
不论你是中国人
不论你是外国人
不论你是男人
不论你是女人
在这儿
你都能玩得开开心心

探险世界的惊魂不定
明日世界的刺激惊险
美到爆炸的小小世界
激情四溢的狮子王庆典
惊奇不断的丛林漂流
惊吓恐怖的迷离庄园
忽上忽下的旋转木马
魂飞魄散的海盗船
身临其境的米奇梦幻之旅
百亩森林的小熊维尼历险
美轮美奂的花车巡游
如痴如醉的烟火表演

迪园
梦幻的乐园
一个神奇的世界
一个童话的家园
愿世界回归童真
愿人人童心永绽
来香港
怎能不去迪园

东方的维纳斯女神

那是一张饱经风霜的脸
皱纹早已爬满
土褐色的皮肤
记载着四百年来的苦辣酸甜

那是一对大张的嘴片
看不到一点牙关
一刻也不停
诉说着四百年来的沧海桑田

那是一双昏花的眼
默默地望断
深深下陷的眼窝里
见证着四百年来的覆地翻天

看不到手脚

没有全身
大三巴牌坊
东方的维纳斯女神

维多利亚港——再一次初恋

夜幕下的维多利亚港
一个浓妆艳抹的少女
身着奢华的晚装
闪亮登场
千变万化的灯火
冲击着我的视觉
活力四射的音乐
击打着我的心脏
在天空和大海之间
展示你那绚丽的身姿
说不尽的娇艳可人
说不出的相思情殇

天下第一湾——浅水湾

浅水湾小浅滩
一眼望到边
水清清沙也绵
天蓝蓝云也淡
坡漫漫沙滩长
海风习习阳光暖
赏红日西沉
听涛声拍岸
看潮起潮落
品鱼蛋米线
俊男靓女忙弄潮
别墅豪宅爬满山
依山傍海似残月
不负天下第一湾

注：浅水湾位于香港岛太平山南面，依山傍海，海湾呈新月形，号称“天下第一湾”，也有“东方夏威夷”之美誉，是香港最具代表性的海湾。

香港时代广场

香港时代广场
两个巨人
肩并肩手拉手
脚入地头顶天
数不清的大品牌
看不完的极品
游客购物的天堂
美女彩妆的伊甸园
店员服务老满意
厕所顶呱呱
吃玩穿戴统统有
一天逛不完
黑人白人黄种人
喜笑颜开乐滋滋
来香港
别忘到此转一转

注：香港时代广场是香港最大型的购物中心之一，坐落于港岛区繁盛的心脏地带——铜锣湾区。

登澳门观光塔

登上澳门观光塔
冒冒笨猪跳的惊险
走走提心吊胆的空中漫步
爬爬王者风范的百步登天
在 360° 旋转餐厅
吃吃即点即制的意大利面
品品咖啡师现磨的咖啡
尝尝鲜嫩的生鱼片
入座舒适宽敞的 3D 电影院
感受山崩地裂的电影体验
信步观光廊
星星灯火一片
澳门就在脚下
今夜最依恋

迷你澳门

澳门小 小澳门
一天走个遍
几条小石块铺成的道
还有几条马路窄又短
少见红灯不堵车

坡上坡下七拐八弯
不按喇叭车让人
干干净净单行线
城虽小
逛起来又是那么甜

漂移的澳门

浪漫的欧陆风情
神秘的东方情韵
欧式教堂西洋楼
中式庙宇东方亭
遍地开花娱乐场

教堂庙宇携手存
古老现代姐妹花
中西合璧一家亲
老街老屋老时光
历史记忆百年沉

登太平山好望角

登上好望角
香港脚下踢
手扶中环楼
维港览无余

九龙收囊中
新界几岛屿
待到掌灯时
赏景最佳隅

妈祖阁

秀巧妈祖阁
神山第一阁

塔香溢四海
泽润出门客

港珠澳大桥

一桥飞架港珠澳
伶仃洋上不伶仃

海啸恶浪风暴潮
太平洋上不太平

海外之行

巴黎圣母院之殇

一

四月十日
来到了巴黎圣母院
石头的交响乐
与上帝对话的地方
钟塔穿云破雾
尖塔直刺蓝天
雄伟肃穆
壮丽辉煌
人类文明的一块瑰宝
世界文化的一片遗产
塞纳河畔的情人
巴黎人的荣光
卡西莫多与埃斯梅拉达
愤怒而悲壮的命运交响曲
卡西莫多祝福的钟声
还在久久回荡

二

四月十五日
世界痛惻之日
一场大火
美丽的圣女毁容了
九百年的花容
一夜之间毁了
幸运啊
原汁原味的巴黎圣母院
大火前看到了
谁也不知道
不知道
明天会发生什么
有时候
一场错过
终生遗憾
我们无法预见未来
但可以珍惜当下时刻
重建
忆往昔
曾几次旧貌换新颜
一次比一次火
这一次一定比上一次更火
巴黎圣母院
毕竟不是原来的那个
想去做的事
就去做
想去见的人
就去见
想说的话
就去说
愿天下文物
不要再失火
愿天下
和和美美快快乐乐

维纳斯女神

一

我来到卢浮宫
见到了梦寐以求
渴望亲眼看见
断臂维纳斯的雕像
她是我心中的女神
我常想
维纳斯美吗
维纳斯真的美吗
维纳斯美在哪里
我一定要亲自品赏

二

女神维纳斯
就在眼前
第一次亲眼见到了
名垂千古的伟大雕像
断臂维纳斯
女神的两只手臂早已丢失
但仍不失为古希腊雕塑的标王
不论从哪个角度
你都能看到和感受到女神的美
女神的美让全世界都为之倾倒
女神的美让全世界都为之吟唱

三

白瓷般的肌肤
修长而健美的身材
体态苗条而丰满
姿态婀娜而端庄
光滑柔润的肢体
烘托出了肌肉的弹性
赏心悦目的躯体
丰腴健壮
椭圆形的头部
瓜子脸
丰满的下巴
卷发漫浪
波纹状的发髻
显得干练利落
平坦的前额
弧形的柳眉
扁桃的杏眼
她的双眸柔情脉脉注视着前方
希腊式立挺的鼻梁
略鼓的嘴角
露出浅浅的微笑
显得那么自信安详
雕像残缺了双臂
却构成了一种独特的美
残缺也是一种美
给人们留下多少想象
满满的女人味
凸显的结构层次感
胸脯丰满

神圣不可犯伤
双肩浑圆
微妙起伏的腹部
柔韧的腰肢
姿态优美的绝样
维纳斯左腿微屈
重心放在右腿上
站立得极其放松
腰部稍微扭转过来
形成优美的 S 型
是那么自然大方
她的美臀美腿
被薄薄的衣褶覆盖
隐隐显露出女神
那丰满而富有弹性的色相
裙的质感和衣褶纹路
好像肌肤下有活的器官在跳动
女性完美的身段和样貌
雕刻得和真人一样

四

见到真迹后
才体会到什么是目不转睛
见到真迹后
才体会到什么是移不开脚
见到真迹后
才体会到什么是心灵的震动
见到真迹后
才体会到什么是不敢直视
见到真迹后
才体会到什么是女性体格美的最高象征
丰满而圣洁
柔媚而单纯
优雅而高贵
她的美无法形容
用尽人间美妙的词语
都觉得不尽兴
她不是女神又是什么
美得颠倒众生
女神不仅有美丽的外表
更是
与命运抗争的伟大先驱
追求个性解放的伟大先行者
追求自由幸福的伟大女性
让人一见误终身的美女
让人一眼记万年的女神

2019 年 4 月 12 日，于法国卢浮宫博物馆

注：《米洛的维纳斯》雕像是世界上最有名的维纳斯雕像，现藏于法国卢浮宫博物馆。

太平洋何时再回那明静

四百年前
麦哲伦率队航海
饱受狂风暴雨
闯过惊涛骇浪
来到了一片大洋
无边无沿
这片大洋
没有一点风和浪
洋面像一面镜子
十分平整
海面像一位熟睡的少女
十分静畅
麦哲伦高兴地说
这真是个太平洋啊
从此这片大洋
有了自己的名榜
太平洋
平静的海洋
太平洋
最美丽的海洋

今天
太平洋不再平静
失去了往日的宁静
无时不在的危险
冲天的巨浪
汹涌澎湃
呐喊着
似乎要把整个地球掀翻
洋面上
一些炮舰游弋
横冲直撞
随意更改航线
大洋深处
有吓人的核潜艇
不知在什么地方打你
更不知道在什么时间
天上的战斗机
呼呼而来
隆隆而去
可以随时攻击发难
大洋深处的鱼和兽
早已惊恐万状
何处容身
哪里可得安

太平洋
何时再回那宁静
太平洋
何时再回那和静
太平洋
何时再回那明静

太平洋的日出落日

清晨的太平洋上
静悄悄
水湛蓝湛蓝的
海鸟还在沉沉地熟睡
遥望东方
一个红点慢慢地露出
一点一点升起
露出水面献媚
像是睡了一晚上的小孩
圆圆的脸
红扑扑
欢天喜水

傍晚的太平洋上
浪滔滔
水藏蓝藏蓝的
海鸟一只只往家回
遥望西方
一个红球慢慢地沉
一点一点地落
落在水面又献媚
像是玩了一天的小孩
一脸的顽皮
红彤彤
蹦蹦跳跳把家归

注：太阳在太平洋西下，贴近水面，海水上下翻滚，这时看太阳好似蹦蹦跳跳。

太平洋的风和浪

风不平浪难静
太平洋上风难平
风难平
浪怎静
有风必有浪
有浪定有风

风越大浪越高
浪欲静而风不停
无风不起浪
怎无风
万物有始终
风也有始终

太平洋

太平洋上看翻船　波峰涛谷两个人
浪尖漫步摇羽扇　对方眼里一样险

逛太平洋

十万狂波助我游　驾乘东风看世界
与潮搏击冲浪头　敢问群雄谁风流

即景之情

中国共产党进行曲

中国共产党
中国共产党
不忘初心的党
励志追梦的党

中国共产党
中国共产党
风雨兼程的党
前赴后继的党

中国共产党
中国共产党
浴火重生的党
百折不挠的党

中国共产党
中国共产党
鲜血凝成的党
钢铁铸就的党

中国共产党
中国共产党
越压越强的党
越战越勇的党

中国共产党
中国共产党
打出来的党
干出来的党

中国共产党
中国共产党
为人民服务的党
人民最信赖的党

中国共产党
中国共产党
领导中国强盛的党
屹立世界之林的党

一百年

一百年 共产党呀
在历史的长河中啊
激起了一朵最耀眼的浪花
最耀眼的浪花 浪花

一百年 共产党呀
在历史的长卷中啊
画出了一幅最美丽的国画
最美丽的国画 国画

一百年 共产党呀
在历史的长歌中啊
奏出了一曲最动听的大雅
最动听的大雅 大雅

一百年 共产党呀
在历史的长途中啊
立起了一座最壮观的大厦
最壮观的大厦 大厦

同船渡

同船渡同船渡
红船人领复兴路
人民划桨擂战鼓
劈风斩浪闯险途

同船渡同船渡
三座大山埋入土
划桨人儿家做主
齐心协力绘蓝图

同船渡同船渡
爬坡过坎赛猛虎
休戚相关共甘苦
百年修得同船渡

同船渡同船渡
众志成城大厦筑
跟定红船谋幸福
风雨一舟一世足

红船梦

为中国人民谋幸福
为中华民族谋复兴
红船人的梦
红船人的初心

实现红船梦
百年修得同船渡
同船渡
红船人领路

同船渡
人民划桨擂战鼓
同船渡
劈风斩浪闯险途
同船渡
三座大山埋入土
同船渡
划桨人儿家做主
同船渡

齐心协力绘蓝图
同船渡
爬坡过坎赛猛虎
同船渡
休戚相关共甘苦
同船渡
荆棘丛生竿头步
同船渡
众志成城大厦筑
同船渡
亿万人民齐歌舞
同船渡
风雨一舟一世足
同船渡
东方雄狮振臂呼

振臂呼
中国人民站起来了
中国人民富起来了
中国人民强起来了
红船人救中国
红船人发展中国
红船人复兴中国
红船人强大中国
红船人捍卫中国
红船人不惧霸国
跟定红船人
实现红船梦

中国人

中国人
东方的巨龙
头顶着蓝天
脚踩着大地
黄河在血管里沸腾
长江在胸膛里咆哮
长城是中国人的脊梁
富强是中国人的梦想
一心一意只做自己的事
全心全意只谋自己的事

中国人
东方的巨龙
五千年的熏陶
千百年的追求
勤劳勇敢的中国人
善良朴实的中国人
从不惧外来的威胁
从不惧外来的压力
更不惧他人无中生有
更不惧他人说三道四

中国人
东方的巨龙

从不向他人屈服
从不向他人怜乞
决不跪着生
宁可站着死
没有什么能难住中国人
没有什么能吓倒中国人
这就是百折不挠的中国人
这就是战无不胜的中国人
中国崛起
西方列强不平
中国崛起
西方列强妒忌
使绊子
卡脖子
使阴招
亮刀子
西方列强
永远不希望中国强大
西方列强
永远不希望中国人有尊严
中国人的尊严
只能靠中国人自己去拼打
《甲午殇思》一句话说得好
盛唐的痛击
让它一千年俯首称臣
大明的骁勇
让它二百多年不敢来犯
中国梦的实现
让世界永远消停

2014 年 3 月

站在百团大战革命烈士名录墙前

我站在烈士名录墙前
看着墙上一个个名字
在阳光的照射下
金光闪闪
每一个名字的背后
都有一个感人的故事
每一个名字的背后
都有一段惊心动魄的抗日遐传
每一个名字的背后
都是一个鲜活的生命
他们炸桥梁
拔据点
毁公路
掀铁路
他们当中
有些刚过束发之年
还有许多女战士
还有年过半百的老战士
大部分是应该读书的年轻人
他们为什么要来到狮脑山

为了穷人要翻身
为了吃饱饭活下去
为了活得有尊严
为了美好的明天
为了打败日本侵略者
他们倒在了前进的道路上
他们倒在了脚下这片热土
没有留下任何遗言
没有留下任何遗物
甚至连尸体都找不到
甚至姓名都没有留下
也没有留下一张照片
还有多少无名烈士长眠在这里
没能看到今天的好日子
听过的人都唏嘘不已
听过的人都感慨万千
他们为生存而抗战
他们为尊严而抗战
他们为幸福而抗战
他们为初心而抗战
八十年过去
烈士鲜血凝成的精神
今天
依然那么大放异彩
八十年过去
烈士鲜血凝成的信仰
今天
依然弥坚
八十年过去
烈士鲜血凝成的初心
今天
依然那么红艳艳

注：百团大战革命烈士名录墙筑在阳泉市区南6公里，海拔1160米的狮脑山主峰上。这里是抗日战争时期，由朱德、彭德怀指挥的名震中外的“百团大战”第一阶段的主战场之一。

参观西柏坡中央军委作战室旧址

这是一间普普通通
普通得
不能再普通的
北方常见的
土坯小平房
建筑面积
不足七十平方米
有三张办公桌
一部电话
几只茶杯
十二把椅子

不
不凡俗
一点也不凡俗
这个小平房
世界上最小的指挥部
世界上最繁忙的指挥部
世界上最辛苦的指挥部
世界上效率最高的指挥部
调动过千军万马
指挥了三大战役
打败了国民党几百万军队
推翻了蒋家王朝的统治
八一军旗图案
从这里升起
新中国从这里走来
中国人民从此扬眉吐气

七十多年过去
地狱变天堂
一穷二白变人给家足
国破家亡变国富民强
进京赶考
考了一场又一场
赶考远未结束
还有更多的考场
土坯房依旧
西柏坡的精神誉扬
和平是打出来的
敢打仗
能打仗
打胜仗
中国人民解放军
铁壁铜墙
过去强
现在强
将来更强
强强强
中国的领海
寸海不让
中国的领土
寸土不让
中国的领空
寸空不让
不论侵略者
从海上
从陆地
从天上
侵略者胆敢侵攘
坚决彻底干净全部消灭
让它自取灭亡

走自己的路

城市中心论
不适合九州
农村包围城市
建立了新九州
中国人必须走自己的路
自己走

有形的手不行
无形的手行不通
两只手交叉使用
一枝独秀百花中
别人嚼过的馒头不香
自己蒸

关键设备买不到
核心技术买不来
嫦娥奔月
蛟龙探海
靠别人吃饭没好饭
自己来

2014 年 2 月 8 日

蜜蜂和蚊子

蜜蜂每天不停地飞来飞去很辛苦
蚊子每天不停地飞来飞去很辛苦

蜜蜂喜欢鲜花绿草阳光
蚊子喜欢臭汗粪坑黑窟

蜜蜂忙着采集花蜜和花粉
蚊子忙着吸咬你的血和肉

蜜蜂带给人甜蜜
蚊子带给人痛苦

蜜蜂招人喜欢
蚊子招人厌恶

蜜蜂人人夸
蚊子最后要掉头

不一样的结果
不一样的路

站好队
走好路

不要站错队
不要走错路

携手走进阎王殿

你有钱我有权
相互照应共升迁

官帮商商助官
相互提携犬升天

权生钱钱生权
互利互惠好赚钱

一个招呼一百万
一个圈圈一千万

三言两语一万万
官商勾结何时完

辛辛苦苦一辈子
不如人家一句言

辛辛苦苦一辈子
不如人家一个圈

辛辛苦苦一辈子
不如人家三两言

钱变权权变钱
合作互惠通神仙

钱没收官被免
携手走进阎王殿

身 影

一

哪里有险情
哪里就有你的身影
那是舍生忘死的身影
哪里有洪水
哪里就有你浑身泥水的身影
那是百姓救命的身影
哪里有地震
哪里就有你竭尽全力的身影
那是与死亡赛跑的身影
哪里有疫情
哪里就有你白衣的身影
那是国人信赖的身影
哪里有走私
哪里就有你机智的身影
那是守国门的身影
哪里有暴力
哪里就有你威武的身影

那是维护祖国统一的身影
哪里有阅兵式
哪里就有你世人钦佩的身影
那是祖国形象的身影
哪里有边关
哪里就有你巡逻的身影
那是好儿郎的身影
哪里有战事
哪里就有你冲锋陷阵的身影
那是战神的身影
哪里有海盗
哪里就有你护航的身影
那是负责任大国的身影

二

你
党有令
令必应
应能战
战必赢
战无不胜
你
人民的保护神
中国的风雨亭
你
最英雄
最可敬

一个廉洁时代的到来

一个廉洁的时代
一个干干净净的社会
正大踏步走来
一个个贪官被抓
一个个贪官被审
一个个贪官被收监
不管你是谁
不管你是干什么的
不管你什么官衔
伸手必抓
违法必纠
执法必严

一个廉洁的时代
一个干干净净的社会
正大踏步走来
人人不敢贪
人人不能贪
人人不想贪
人人不会贪
人人没有贪
人人不贪
持续五年
持续十年
持续五十年
持续一百年

到那时
中国一定是第一大强国
中华民族一定是最廉洁的民族
中华民族一定是最自豪的民族

一个廉洁的时代
一个干干净净的社会
正大踏步走来
中国人有信心
中国人有能力
中国人有志气
让我们欢呼吧
让我们歌唱吧
让我们呐喊吧
一个廉洁的时代已经到来
一个伟大的时代已经到来
一个强盛的时代已经到来

中国列车

中国列车
告别了低速道
进入了快车道
进入了超车道

满载着中国人的友谊
满载着中国人的热忱
满载着中国梦
满载着世界梦
不管你是白皮肤
不管你是黑皮肤
不管你是黄皮肤
不管你是什么皮肤
不管你是大国
不管你是小国
不管你是富人
不管你是穷人
大手拉大手
大手拉小手
手拉手
都可以上车
都可以搭便车
一起往前冲
共享中国改革的红利
共享人类文明
共同实现世界梦
没有歧视
没有压迫
没有暴力
没有战争
没有贫富
没有文盲
人人就业
人人平等

人人自由
人人民主
人人友好
人人舒心

中国　和平使者
中国　一言九鼎的大国
中国　无私无畏的大国
中国　包容天下的大国

中国列车
告别了低速道
进入了快车道
进入了超车道
势不可挡
谁也挡不住
挡也挡不住
世界梦是我的梦
世界梦是你的梦
世界梦是他的梦
世界梦是大家的梦
让我们手拉手
共同实现世界梦
一定要实现世界梦
一定会实现世界梦

中国人就是不服气

中国人自己做事
用不着域外人来点点指指
中国人自己做事
用不着别人来说三道四
那也不行
这也不对
非给你抹黑
非给你找根刺
你做得再好
你做得再对
不行
非把你整死
你吐血
你累死
活该
死死死
你做得再好
你做得再对
就是不行
就得把锅甩给你
滚
算老几
中国人就是不服气

你不就是想抹黑我吗
你不就是想打击我吗
你不就是想贬低我吗
你不就是想做空我吗

你不就是想围剿我吗
你不就是想孤立我吗
你不就是想整死我吗
你不就是想吃掉我吗
你不就是妒忌我吗
你不就是害怕我吗
一边去
你想甩锅就甩锅
你想黑谁就黑谁
你的标准就是尺子
滚
算老几
中国人就是不服气

中国人自己做事
有我们的标尺
中国人自己做事
有我们的行事风格
上对得起天
下对得起地
对得起良心
对得起我们所做的事
小小的甩锅
奈何得了我吗
滚
算老几
中国人就是不服气

一次次斜眼看我
一次次打击我
一次次下调我
一次次负面我
你想干吗
你想黑我
黑我一次
我成为市场经济国家
黑我一次
我成为第二大经济体
黑我一次
我的钱越来越国际化
黑我一次
我成为最大的贸易体
再黑我一次
我将成为第一大经济体
再黑我一次
我将成为第一大经济强体
再黑我一次
我的钱将成为世界货币
这就是中国气派
这就是中国秉性
这就是中国精神
这就是中国志气
我做事
还要别人去打分
我做事
还要别人去评级
可笑
天大的笑话
滚
算老几
中国人就是不服气

2016 年 4 月下旬

我站在火星上

我站在火星上
放眼望去
到处是星星
星星星星
还是星星
密密麻麻
麻麻密密
我努力寻找着我们居住地
找啊找啊
看见了
看见了
真小啊
就像大海中的一滴水
就像粮仓中的一粒米
放着微弱的光
漫无边际地往前移
太一般了
太普通了
在茫茫宇宙
我们的地球什么也不是

我瞪着双眼仔细看着
我们的地球好不安静
火光
一闪一闪
一处刚灭
一处又起
一股接着一股
浓烟滚滚直扑鼻
我们的地球好不平静
枪声炮声
一阵接着一阵
震得我的双耳嗡嗡响
火星都在颤抖
几声哭几声泣
那凄凉
那悲痛
整个宇宙都惊奇
这个小球怎么了
这么大的火气

恶语相加
拳脚相向
人与人斗
地区与地区斗
国与国斗
几十年的斗
几百年的斗
几千年的斗
几万年的斗
自从有人以来
从没停止过斗
为了权
为了利
为了私欲
为了金钱

为了美女
为了海洋
为了土地
为了资源
争啊
斗啊
打啊
一直没有搁浅
长矛对大刀
盾牌对弓箭
飞机对大炮
地雷对坦克
爱国者对飞毛腿
反导弹对导弹
还有什么
有
有矛就有盾
有盾就有矛
矛出现
盾出现
新的盾出现
新的矛又出现
矛生盾盾生矛矛矛盾
盾生矛矛生盾盾盾矛
只有想不到的
没有做不到的
没有完
也不会完
最后自己毁灭自己
最后自己毁灭地球
又一个时代产生
又一个星球产生
这就是我们的人类
这是我们地球人的家园

我们需要和平
我们不要战乱
我们需要友好相处
我们不要互相摧残
丢掉霸权
抛弃霸权
让我们心连心
共同珍爱我们绿色的家园
让我们手拉手
共同建设我们和平的乐园
让我们肩并肩
共同创造我们美好的明天

2016 年 7 月 28 日

中国不是软柿子

一些域外人不了解中国
以为中国是软柿子
把中国的善良认为是软弱
把中国的大度认为是傻子
把中国的谦让认为是无能
把中国的忍耐认为是怕事
谁都想过来捏一把
谁都想过来捞一笔
谁都想过来踹一脚
谁都想过来吃一吃

中国勤劳勇敢
中国善良讲理
中国礼尚往来
中国乐善好施
中国谦虚忍让
中国不惹事不怕事
域外人
不要强词夺理
不要任意甩锅
不要耍大牌脾气
不要无事生非
不要耍阴谋诡计
不要动不动就来航空母舰
不要动不动就来猛禽
不要动不动就是萨德
更不要动不动就是导弹
中国最不怕的就是威胁
中国最不怕的就是打仗
中国最不怕的就是萨德
中国最不怕的就是航空母舰
不怕死的
再试试
记得
上甘岭之战
来多少
吃多少
定叫你有来无回
一定是三八线签字重演

有话好好说话
有事好好谈事
不要把中国的善良认为是软弱
不要把中国的大度认为是傻子
不要把中国的谦让认为是无能
不要把中国的忍耐认为是怕事
中国一不怕苦
中国二不怕死
有朋自远方来不亦乐乎
中国愿交天下知己
中国的朋友遍天下

我们生活在新时代

中国越来越美丽
生活越来越美好
心情越来越舒畅
红包越来越鼓起
空气越来越清新
保障越来越完善
房子越来越宽敞
教育越来越满意
人民越来越健康
就业越来越充分
社会越来越平安
干劲越来越牛气
百姓越来越富裕
文化越来越丰富
祖国越来越强大
梦想越来越现实

2017 年 10 月 20 日于山西太原

超　车

加大油门
超过前面那辆车
减速
前方出现了一辆下行车
这是一条两个车道的路
继续跟在前面的车

加大油门
超过了前面那辆车
车继续行驶
前面出现了一辆车
减慢速度
加大油门
超车
前方又出现了一辆下行车
减慢速度
让过
继续跟在前面的车

车继续向前行驶
跟在前面的车后慢慢行驶
超车
加大油门
前方拐弯处出现了一辆车
再次减速
继续跟在前面的车行驶
让过下行车

超车
加大油门
这是一个机会
前方没有车
超车
加大油门
超过了
车继续行驶
一路超车
前面没有了车
加大油门
换挡
加快速度
甩掉后面的车

车越开越舒畅
车越开越坦然
车越开越自信
车越开越干练
引领世界新潮流
引领世界新理念
引领世界新格局
引领世界共发展

2017 年 10 月 13 日于太原

内心强

纵观中华五千年
阅尽世界五千年
强国先强人
人弱则国弱
人强则国强

人
强大与否
在于心
内心弱则人弱
内心强则人强

强人先强心
心强则人强
心必强
心强在于鼓
人一定会强

内心强
内心一定要强大
我能行
我一定能行
你一定会强

人若强
必先树理念

理念强
催人强
理念强人自强

人不强
必是理念弱
什么理念树什么人
理念弱
人怎强

心若强
唯有干
干干干

还是干
干到心自强

看天下
虎视眈眈
怎能弱
人人当自强

人人强
国家自会强
几只癞蛤蟆
奈我何
试看天下谁最强

雄狮怒吼了
——观看中美高层战略对话有感

雄狮被激怒了
脸色铁青
额上的青筋暴涌
没了往日的和风细雨
雄狮怒吼了
山崩地裂
怒火在胸中燃烧
钢铁都能熔成泥
牙齿咬得咯咯响
花岗岩都能嚼成粉末
眼睛在喷火
烧遍寰宇

雄狮被激怒了
怒吼着
似霆雷
惊天动地
你造谣惑众
你屡踩我的底线
你霸凌
你傲慢无礼
你处处刁难
你蛮不讲理
谁吃你那一套

你给谁吃
你看错人啦
你那一套
在我面前一钱不值

雄狮怒吼了
雄狮发威了
你碰到硬茬了
你惹恼了狮子
在我面前撒野
没门
那些虾兵蟹将敢爹刺吗
不信试试
这一吼
吼去《辛丑条约》的晦气
这一吼
吼来辛丑年的锐气
真强气
真霸气
真解气
扬眉吐气

关系

两个人
相识了
先是见个面
混个熟脸皮
握握手
热乎热乎
说说话
拉拉关系
拥抱拥抱
吃个饭
散散步
熟悉熟悉
君子之交
淡如水
没有深交
只是签订几个协议

两个人
进入密友阶段
你帮帮我
我帮帮你
你给我点甜头
我给你点好处
你照顾我的核心利益
我也在大事上支持你
互为对方开绿灯
欲长相厮守在一起
各取所需
仅此而已

哎呀
你要超过我了
时间长了
两人发生了分歧
妒忌心哗哗往上涨
不行
拖住他
使绊子
一个谦谦君子
据理力争
一个嗓门高
蛮不讲理
一个顾全大局
默默付出
一个只想自己伟大
时时制造危机
分分合合
争吵不断
磕磕绊绊
不过是貌合神离

不是一家人
进不了一家门
两个道轨上跑的火车
永远到不了一起
两个人
谁也打不倒对方
只是互相利用
仅此而已
一方狮子大开口
只想索取不想付出
挥舞大棒
发泄私欲
拉了一帮狐朋狗友
围追堵截
嚼舌头无中生有
造言生事
不惜武力威胁
使用阴招损招
另一方
窝火憋气
逼得哑巴说话了
以牙还牙
你狠我比你还狠
你有来言我有去语
你拿矛
我持盾
谁怕谁
不信试试
过不下去了
各过各的
各安其命
曲终人散一场戏

没有永远的敌人
没有永远的朋友
只有永远的利益
两个人
不知道什么时候
又开始下一场戏

网警之歌

鼠标键盘荧屏
就是我们的武器
警情就是命令
网络就是战地
这里没有硝烟
看不见的罪犯就在这里
虽不见刀枪
却是暗藏杀机
我们全天候坚守
时刻盯着显示器
寻找蛛丝马迹
随时准备出击
虚拟空间的刀光剑影
从未停息
罪犯越来越智能化
手段越来越诡秘
大到国家安全
小到个人隐私
从信用卡密码
到军事机密
无所不包
无所不至
罪犯越来越猖狂
罪犯越来越隐蔽
案件越来越复杂
侦破越来越不易

不论罪犯深藏何处
不论罪犯玩弄什么谲功
不论罪犯手段多么奸诈
不论罪犯套路多精
我们是平安卫士
我们是人民网警
直面犯罪
拼死捺命
哪怕是诡计多端的白骨精
也要把罪犯查个骨节分明
哪怕是钻入地心
也要把罪犯挖出示众
哪怕是跑到天涯海角
也要把罪犯抓回誓清
人民利益大于天
绝不让罪犯鸿飞冥冥
筑牢网络安全防线
立警为公执法为民
守卫一方平安
就是我们的使命
人民满意
就是对我们最好的肯定
全心全意为人民服务
做人民满意的网警

听诗朗诵

在班上
一位美丽的少女
朗诵着我写的诗
她的声音是那么干净
她的声音是那么清脆
她的声音是那么圆润
她的声音是那么甜美
她的声音是那么温柔
她的声音是那么娇媚

在班上
一位美丽的少女
朗诵着我写的诗
时而如高山流水直上云霄
时而如山间小溪情人私语
时而如万马奔腾热浪滚滚
时而如受伤的小鸟在抽泣
时而如百灵唱歌笑逐颜开
时而如天庭发威怒上美眉

在班上
一位美丽的少女
朗诵着我写的诗
朗诵着
朗诵着
朗诵着
此景此情再难遇
此声此音终难觅

观《长津湖》有感

什么是震撼
请看长津湖
什么是战争恐怖
请看长津湖
什么是残酷
请看长津湖
什么是中国军人
请看长津湖
什么是英雄
请看长津湖
什么是钢铁流泪
请看长津湖
什么是泪奔
请看长津湖
什么是爱国
请看长津湖
什么是雄才大略
请看长津湖

什么是大格局
请看长津湖
今天为什么会山河无恙
请看长津湖
今天为什么会国泰民安
请看长津湖
今天为什么会盛世华章
请看长津湖
今天为什么会扬眉吐气
请看长津湖

什么是财富

当你一百岁时
登泰山
漫步天街
上玉皇顶
望日出
观黄河
与玉皇大帝聊聊天
何其开心

当你一百岁时
品品亲手泡的茶
那幽香
沁人心脾
那情形
难以言表
与茶神论论茶
何其惬意

当你一百岁时
回首往事
喜怒哀乐
苦辣酸甜
得得失失
是是非非
与弥勒佛说说笑
何其悠闲

当你一百岁时
与老伴手拉手
走走花间小道
坐坐公交车
喂喂波斯猫
遛遛蝴蝶犬
与老寿星谈谈桃
何其快乐

当你一百岁时
到户外遛遛弯
吸一口清新的空气
吃一碗羊杂割
买上一把青菜
望着重孙孙上学回来

与同事唠唠嗑
何其难得

当你一百岁时
写写小诗
听听评书
跳跳迪斯科
练练毛笔字
说说悄悄话
与家人吃吃饭
何其欢乐

折花

水灵灵的一朵花
刚刚出苞的嫩花
鲜艳得不忍看
娇滴滴得不忍摸她
人见人惜人人夸
世上还有这么美的花
只想远远地看着她
只想默默地祝福她

一只黑手掠过
可怜的鲜花拦腰折杀
一片片花瓣随风去
露出白白的嫩茬
绿叶沾满了灰尘
花枝软绵绵地地上爬
望着人群
望着晚霞
多少人惋惜
多少人疼煞
多少人泪奔
多少人怒发
这么美好的年华
这么漂亮的一朵花
最青春的年华
却遭遇这样的鞭挞
黑猪手
住手吧

美丽的花
你是最漂亮的花
美丽的花
你是最可爱的花
美丽的花
你是最棒的花
美丽的花
你是永远开不败的花

中国风雨桥

不管台风来自哪里
不管暴雨来自哪里
中国风雨桥
都将巍然屹立

这些年来
中国风雨桥
成为一道风景
越来越美丽

老年人乐开了花
养老金年年涨
年轻人机会多多
谁家可比

没有战火
没有暴乱
人民安居乐业
谁家可比

人民越来越爱美
菜篮子越来越丰富
腰杆儿越来越直挺
谁家可比

自然风光优美
文化遗产之多
东南西北都有
谁家可比

想去哪儿就去哪儿
说走就走
有景的地方就有中国人
谁家可比

教育水平越办越高
文艺作品越看越酷
体育成就越赛越牛
谁家可比

嘀一声的刷脸支付
一眼看到宇宙边的中国天眼
誓令中国北斗成为全人类的北斗
谁家可比

上九天揽月
下五洋捉鳖
两弹一星
谁家可比

“一带一路”惠人间
处处都有中国造
我们的朋友遍天下
谁家可比

人民解放军

中国风雨桥的守护神
世界风雨桥的孙悟空
谁家可比

放眼四海
波涛汹涌浪翻滚
踏波破浪稳前行
谁敢阻止

中国风雨桥
中国人的安全桥
中国人的幸福桥
中华儿女永远爱着你

龙卷风来了

一

龙卷风来了
一股杀气
血淋淋
像一个燃烧的火炬
太阳失色
飞沙走石
走到哪里
哪里哭啼
电闪雷鸣
席天卷地
每一个角落
幸免无一
破烂漫天飞
巨树连根起
电线杆
竖八横七
房盖钢瓦满街跑
房屋如柳絮
汽车舞
悬在高空几十米
飞机似醉汉
倒东歪西
不请自来
全是闪袭
哪里不听话
哪里调皮
谁想强大
谁想富裕
没有任何征兆
不讲任何天理
卷
就一个字
叫你不顺从
叫你不懂事
扯天扯地
一片狼藉

非把你卷垮
非把你整成烂泥
卷一处垮一处
卷一地毁一地
从北卷到南
从东卷到西
不消停
不停息
怒号而来
呼啸而去

二

龙卷风来了
多少次
却难述
妄毁我大旗
筑起铜墙铁壁
一次次抗击
众志成城
大旗巍然屹立
龙卷风来了
算老几
龙卷风来了
没什么了不起
龙卷风来了
何足挂齿

2019 年 12 月

灾难一定会过去

一

中华民族
经历了太多的灾难
太多了
数也数不完
这一次
灾难
再一次降到你的头上
想想
不就是多了一次毒疫
不就是多了一次战役
不就是多了一次历练

二

中华民族
五千年的文明史
告诉我们
灾难不可怕
可怕的是
没有自信
信心缺失
自信

中华民族的优秀品质
自强
中华民族的精神财富
信心
中华民族延续的基石
灾难面前
中华民族处变不惊
灾难面前
中华民族齐心协力
灾难面前
中华民族上下一心
灾难面前
中华民族共同克敌
任何灾难
都难不住中华民族
任何灾难
都吓不倒中华民族
任何灾难
都压不垮中华民族
我们有信心
我们有能力
战胜灾难
战胜妖疫
幸福终将到来
灾难一定过去

2020 年 2 月 12 日

学学华子良

想当年
为了完成越狱计划
监狱里的华子良
装疯卖傻
整天在石榴树下
不管雨下风刮
坚持跑步
不停地跑啊
有命在
计划就可以拿下
没有好身体
什么都白搭
坚持跑步的疯子
终于完成了计划

现在是疫情时期
除了命其他算啥
有命在
一切都可以从头跨
老老实实听党的话
党叫干吗就干吗
老老实实宅在家
蹦蹦跳跳为国家
学学华子良

锻炼好身体
没有好身体
什么都白搭
好日子还在后头呢
美好明天我们画

2020年3月6日于北京

美丽的姑娘站在窗外

清晨
我轻轻地拉开窗帘
哎呀呀
一位美丽的姑娘站在窗外
地面钻出尖尖的草
碧油油
冬青脱去暗绿的寒装
换上了翠莹莹的蜡彩
黄澄澄的迎春花
喜滋滋
杨柳吐出了嫩芽
千娇百态
桃花梨花樱花
密密麻麻
扎堆开
缕缕清香徊
喜鹊枝头喳喳叫
无愧的春霸
寒冬已去
春天已然到来

珍惜

从科员
到省部级
每上一级
都不易
越往上
越不易
来之不易
当珍惜

多少人
不责己
见利忘了义
践踏规矩
睡了多少石榴裙

搂了多少票子
占了多少房子
填不满的私欲

自作孽
锒铛入狱
辛辛苦苦多少年
随风去
毁了家庭
灭了自己
只有当事人
最明其中事

做你自己
——读彼得·巴菲特《做你自己》有感

这条路堵了
一定还会有其他路
你停下来
一定没有路
只要你坚持
一定还会有其他路
做你自己
走你的路

别人挡你
只是一时
自己不走
永远呆在原地
相信自己
没有人能阻挡住你
相信自己
做你自己

2020 年 10 月 20 日

天更高

电闪闪闪烧堆草
暴雷雷雷惊只鸟
淫雨愤泄洪水滥
西风狂吼万树摇
刷过大地地更净
洗过天空天更高
制裁制裁再制裁
看你还有多少招

贸易战

秀才遇到兵
有理说不清
要想说清理
秀才变成兵

他赖你更赖
他横你更横
他混你更混
他硬你更硬

2018 年 6 月 22 日

十笑歌

面对疾病笑一笑
面对灾难笑一笑
面对不幸笑一笑
面对死神笑一笑
面对敌人笑一笑

面对蜚语笑一笑
面对嘲讽笑一笑
面对挫折笑一笑
面对困惑笑一笑
面对寂寞笑一笑

2020 年 10 月 20 日

辣 椒

同样的辣椒
同样的土壤
同样的肥料
同样的浇水
同样的呵护
同样的阳光

一盆长得高大

一盆长得矮小
一盆枝叶繁茂
一盆枝薄叶瘦
一盆稠稠密密
一盆稀稀拉拉
一个两尺高的大盆
一个半尺高的小盆

注：家中阳台种了两盆辣椒，有感而发。

跑步吧！朋友

跑步吧！朋友
　　疾病不找你
跑步吧！朋友
　　身材更健美
跑步吧！朋友
　　家和无烦事
跑步吧！朋友
　　工作不拖累

跑步吧！朋友
　　压力是动力
跑步吧！朋友
　　思想更敏锐
跑步吧！朋友
　　锤炼好品质
跑步吧！朋友
　　铸造钢铁志

野 草

野火烧不死
严寒冻不死
酷暑旱不死
暴雨浇不死

烈日烤不死
践踏踏不死
狂风吹不死
从来不怕死

花开花落

有的花
开得早
落得也早

有的花
开得晚
落得也晚

是花
都有盛开的那一刻
是花
都有耀眼的那一刻

不论什么花
迟早都要开
不论什么花
最后都要落

致敬钟南山

钟老
钟老
华佗再世扁鹊重生
中国国宝

危难操刀
驱疫涛
鞠躬尽瘁救苍生
大爱无疆天下敬

2020 年 3 月 14 日于北京

好一朵美丽的水仙花

细雨绵绵
连衣裙上轻轻地打
湿漉漉
凸显柳腰挺拔

红唇妍妍
秀发随风洒
莲花步步
好一朵美丽的水仙花

春归图

绿草冬青杨柳翠
樱花桃花迎春花

楼台亭榭小舟醉
幽雅淡雅娴静雅

胸怀

胸怀小了
再小的事也是大事
一棵稻草
也会把骆驼压垮

胸怀大了
再大的事也是小事
喜马拉雅山
也会被它踩在脚下

平道与山道

平道路平
山道不平
平道好走
山道难走

平道安全
山道危险
平道易摔跤
山道难跌倒

游普陀山

东南有佛国
佛国海中躺
晨钟暮鼓鸣
佛顶顶佛香

香绕千余年
声名久远扬
观音不肯去
永驻观音场

蝉鸣

三伏雄蝉鸣不断
引吭情歌唤雌蝉

泥土蛰伏几春秋
绿荫丛中洞房欢

一代一代一代蝉
一鸣一夏一世缘

万木潇潇潇潇下
秋蝉声声声声远

蝉鸣续

七七情人节上午
我在朋友圈和群里
转发了我刚发表的一首新诗
蝉鸣
中午一点多
在我家的一个纱窗上
来了一只蝉
莫非蝉也有灵
趴了一个多小时
一动不动
我赶忙拍了照片
发到朋友圈和群中
群友纷纷围观点赞
有情
看来动物是有灵性的
真灵

第二天下午
蝉又来了
还是那个纱窗上
还是趴在那里一动不动
我静静地看着
足足有两个小时
天快黑时
蝉飞向空中
我拍了照片
再次发到朋友圈和群里
群友再次纷纷围观点赞
好事多多，喜事重重！

我住的小区
有十几栋三十多层的高楼
我住在六层
一万多个窗洞
怎么蝉两次都落在同一个纱窗上
群友点赞
哈哈，因为您在赞美它，欣赏它
莫非蝉真的有灵性
它来接受文化熏陶
愿天下有情蝉喜结良缘
愿天下动物安康
愿天下有情人自始至终

悼袁老

袁老袁老
永远不落

稻香寰宇
功同帝尧

阅史

阅尽人间史
无非是斗来斗去

阅尽人情史
无非是利来利去

偶感二则

有些事

有些事看起来挺大
其实做起来很容易

有些事看起来挺小
其实做起来很不易

行道

放着人行道不走
非走道轨

危险
找死

人生戏

人生就是一场戏
一人一世一折戏
喜怒哀乐梆子戏
忙忙碌碌歌舞戏

酸甜苦辣唱大戏
生老病死过场戏
一幕一幕看家戏
留下英名拍成戏

一只小虫

不知道它叫什么
不知道它干什么
飞来飞去
在忙什么

不知道它来自哪里
不知道它去向哪里

一动不动
躺在那里

悄悄地来了
悄悄地走了
像一阵风
过去了

玉簪花

仙女醉酒玉簪落
落入凡尘为簪花

花洁芳香傲林缘
缘起缘落皆因花

柳絮飘飘

四月柳絮飘满天
谁人相遇谁人难

上脸粘衣行路苦
越拍越打越沾染

夜雨

昨夜瓢泼大雨
粒粒葡萄泥中泣

血汗打水漂
再出力

山西秋涝

谷在雨中泣
鸟亦无踪迹

洪水卷万家
万家重新立

尘埃

一粒尘埃
飘
落

2021 年 4 月 21 日

白衣天使

美丽的白衣天使
露着一双大大的眼
那个水灵
那个艳
让人心动

让人眷恋
望一眼
终生回念

美丽的白衣天使

露着一双自信的眼
那个坚定
那个憨
让人敬佩
让人牵缠
望一眼
泪水点点

美丽的白衣天使
露着一双憔悴的眼
那个疲惫
那个难
让人心痛
让人矜怜
望一眼
泪水盈满

美丽的白衣天使
露着一双紧闭的眼
那个惋惜
那个颤
让人无助
让人哀酸
望一眼
泪水涟涟

美丽的白衣天使
露着一双明亮的眼
那个雀跃
那个欢
让人兴奋
让人展颜
望一眼
泪水流川

2020 年 2 月中旬于北京

后记

这本诗集收录了我十多年来公开发表在《人民日报》、中国诗歌网、中红网、百度、搜狐、凤凰网、今日头条、腾讯、网易、清风世界文学、杂志、诗集等媒体上的诗作。分 20 篇，300 余首。

我喜欢旅游。游一处风景，寻一处特色；见一处特色，悟一片心得。百闻不如一见。这一见，即挥之不去、难忘终生。

诗集记录了我十几年来行程几万公里心灵被触动的瞬间。每当去过一个新地方，就有一种新的感受、新的收获，就有一种必须写出来的冲动。每一首诗，都是一次创新，必须写出它的特色。每到一处，不仅要写出其美丽的外貌，更要写出其内在的美和作者的心灵感受。能为读者，特别是引起到过这些地方旅游的朋友的共鸣，还能为那些没有到过这些旅游地的朋友，起到抛砖引玉的作用，我也就心满意足了。

有时，一首诗写十几天，特别是《游云冈石窟》一诗，二十多年来，一直折磨我，怎么写，写什么，一直困扰着我。三次去大同，找灵感。虽然写出来了，仍觉不满意。

我爱我的祖国！我爱祖国的山山水水，一草一木！我非常幸运，生活在当今这个美好时代，和平时代。我要歌唱她，赞美她。我的祖国是美丽的！美丽的中国！

我要感谢我的父母，女儿、女婿、亲朋好友，感谢我的学生、网友，他们给了我巨大的鼓励、支持。特别感谢我爱人，非常支持我，每次都陪我出行。旅游是要远行的，花钱不说，还是个体力活，徒步，坐汽车、火车、飞机，特别累。我爱人 58 岁那年，陪我到西藏，她高原反应，睡不好觉，吃不惯那里的饭菜。西藏回来，病了半年，没有二话。我必须好好写，才能对得起他们，才能对得起我美丽的祖国！

海外之行和即景之情两篇，借此出版，一并附上。

感谢北京博仲兴业文化传播有限公司吴光利先生与线装书局林菲编辑给我的支持和帮助。